Norbert Meidhof · Wer fliegen kann, der fliegt

Norbert Meidhof

Wer fliegen kann, der fliegt

Kleinstadtprotokolle

Titelzeichnung: Ralf Münz

Eduard Krem-Bardischewski Verlag

Eduard Krem-Bardischewski Verlag
Postfach 110248
D-8750 Aschaffenburg/Main

Meidhof, Norbert: Wer fliegen kann, der fliegt
Kleinstadtprotokolle
Titelzeichnung: Ralf Münz

1. Auflage 1992

ISBN 3-929167-02-6

Gesamtherstellung:
Verlagsdruckerei Schmidt GmbH, 8530 Neustadt an der Aisch

EINS

Der Sarg wurde hereingeschoben.
Totnan Weber dachte: Jetzt bricht Nunun zusammen und Ossi bekommt einen Weinkrampf.
Aber nichts geschah. Das Adumbran hatte seine Wirkung getan.
Ein städtischer Schaffner zog den schwarzen Wagen in die Mitte und parkte ihn rückwärts zwischen sechs Kerzen und Lorbeerbüschen ein.
Es war ganz still, der Wagen schien über dem Boden zu schweben. Sogar die klobigen Schuhe des Schaffners gingen lautlos über die Fliesen. Nur die süße Luft vibrierte. Das war Onkel Isidor an der elektronischen Orgel.
Natürlich war Tante Elsbeth die erste, die Weihwasser gab und ein großes W in die Luft schwengelte. Heftig schüttelte sie den Kopf, murmelte etwas wie "Nicht zu fassen", winkte Ossi ungeduldig herbei und deutete auf das Weihwasserbecken.

Mit der Tante hatte es am Vormittag noch *Zirkus* gegeben, weil sie unbedingt den Rosenkranz vorbeten wollte. Sie sei doch auf allen Friedhöfen der Stadt als Vorbetfrau geschätzt und oft gewünscht, so andächtig und trotzdem natürlich spreche sie die Gesätzchen.
Das war kurz zusammengefaßt Tante Elsbeths Plädoyer. Aber Oswald Weber hatte sich entschieden. Nur Orgelspiel. Den Pfarrer Goldhammer zu überstehen sei anstrengend genug.
"Laß sie doch eine Runde beten", sagte Totnan, aber Ossi ließ sich nicht darauf ein.
"Nur Orgelspiel", sagte er.

In ihrem schwarzen Vorbetkostüm sah Tante Elsbeth alt und eingefallen aus, märtyrerhaft fügte sie sich in Ossis unerforschlichen Ratschluß. Aber sie war tief gekränkt.
Für Totnan verkörperte sie die tattrig gewordene Mutter Kirche, in Tante Elsbeths Wohnung sah er den Raum seiner Kindheit. Im Flur hingen die Bilder vom Papst Johannes, vom Kardinal Döpfner, vom Bischof Josef und vom Pfarrer Hockel, es roch nach Bohnerwachs und

Kraut, Tante Elsbeth selber roch nach Kraut und Bohnerwachs und Kölnisch Wasser dazwischengetupft. Ihre Wohnung war ein kleines Kloster, in jedem Zimmer hing ein Kreuz mit Palmkätzchen, und ein Weihwassergefäß hing über dem Lichtschalter.

Ihr Wohnzimmer war ein Wallfahrtsort. Auf dem Fernseher ein Muschelkreuz aus Fatima, an der Wand Christus am Ölberg, auf gehäkeltem Deckchen ein Väschen mit den Schmerzensgesichtern von Walldürn, eine Kugelkerze mit dem Abziehbild der Lourdesmadonna, daneben ein korpulenter Tannenzapfen, eine Wollqualle und ein Plastikfigürchen der Altöttinger Muttergottes im Strahlenkranz. In der Vitrine Miniaturausgaben von Weingläsern, wie es sie als Souvenirs an bekannten Ausflugsorten gibt, grüner Fuß, goldverzierter Kelch mit dem Namen des Ortes, bei Tante Elsbeth waren es Erinnerungen an ihre Wallfahrten nach Birkenstein, Kevelaer und Bad Bocklet. Vor dem Bild der Stubbacher Madonna ein 24-Stunden-Brenner und auf dem Sofa ein Kissen bestickt mit Kelch und Hostie, darauf würde Tante Elsbeth einmal aufgebahrt und zur Seligsprechung nach Rom geschickt werden.

Sagte jedenfalls Onkel Isidor, der sie geheiratet hatte. Sie waren nicht lange zusammen. Tante Elsbeth blieb in der Gutwerkstraße, und Onkel Isidor zog in den ersten Stock des Schweinheimer Leichenhauses, weil er als Beerdigungsorganist gute Beziehungen zur Stadt hatte. Scheiden ließen sie sich nicht. Das konnte sich Tante Elsbeth nicht vorstellen.

Die Trauergäste drängten nach vorne, um den Sarg zu besprengen. Sie wischten sich die Stirn, der August 1992 war einer der heißesten des Jahrhunderts. Die knochige Frau, Totnan kannte sie vom Sehen, sie wohnte im Schneidmühlweg, half im Pfarrsaal mit, weißbeschürzt trug sie belegte Stöllchen auf, Schorlen und Bier, im Krankenbesuchskreis war sie, Caritassammlerin, gut katholisch halt. Sie fuchtelte viermal und bekreuzigte sich anschließend.
Lauter schwarze Gestalten stauten sich vor dem Sarg, Figuren eines exotischen Schattenspiels. Tante Christa, um sechs Ecken herum verwandt, und dieser Mann, Totnan wußte seinen Namen nicht, der fuhr mit dem VW-Bus vom Suffel herum.

Ossi stand unbeweglich wie eine Statue. Nur an seinen Schuhen sah Totnan, daß er ständig die Zehen bewegte.
Nunun hatte in den letzten drei Tagen ihre Augen und ihren Körper kleingeweint.
Krabbelte ein Käfer über den Sarg? Es war ein Weihwassertropfen. Der Sarg war voller Weihwasserkäfer.
Der einarmige Herr Elsässer biß in seinen Hut, während er aus dem Sprengel Weihwasser tropfen ließ wie aus einem verstopften Wasserhahn. Der Apfelkrotzen in den Gleisen seines dürren Halses. Wie geschmiert auf und ab. Die Weihwasserkäferchen liefen aufeinander zu und paarten sich.
"Soll ich vor dem Pfarrer sprechen oder nachher?" fragte Achim Tometschko und: "Schau mal, ich hab mehrere Texte ausgesucht, bin selber noch unschlüssig."
Er reichte Totnan einen Stoß Blätter, maschinengeschriebene Texte mit vielen handschriftlichen Verbesserungen.
"Du machst das schon richtig", sagte Totnan interesselos und gab ihm den Pack zurück. Er starrte auf die weißen Schleifen mit der goldenen Schrift und roch die Fichtenkränze.
Wie Weihnachten, dachte er.

Tauet Himmel den Gerechten, Wolken regnet ihn herab.

So sangen sie mit Nunun in der Küche vor dem Adventskranz, während Ossi im Wohnzimmer die Kerzen am Christbaum anzündete. Dann klingelte er mit einem goldenen Glöckchen, und die Familie durfte eintreten.

Das Wohnzimmer war zum Heiligtum geworden, zu einer ganz anderen Welt, in der nur Kerzen brannten. Die am Christbaum spiegelten sich in den Kugeln und im Lametta, auf dem Radio brannte eine norwegische Leuchtkerze, auf dem Tisch, auf der Fensterbank und auf dem Klavier dicke Stumpen aus Bienenwachs. Nicht zu vergessen das rote Birnchen in der Krippe. Wirkte wie das Ewige Licht vor dem Tabernakel, es beleuchtete die Heilige Familie, den Ochs und den Esel. Die Krippe stand auf einem der grünen Rasenteppiche, mit denen Ossi die offenen Gräber einfaßte. Alles roch nach Nadelwald, Honig und abgebrannten Streichhölzern.

Totnan erinnerte sich an das Christkind, das ihm als Vierjährigem erschienen war, strahlend weiß stand es vor dem Baum, fast durchsichtig war dieser himmlische Nebel, und wie von weit her klang die Stimme und ließ Totnan vorbeten und

vorsingen und war durch die Balkontür wieder verschwunden.
"Da hat sich die Tante Elsbeth nochmal in ihr Brautkleid gezwängt", erzählte Ossi.
"Und den Schleier verkehrt herum aufgesetzt", sagte Nunun, aber Totnan brachte die beiden Gestalten nicht zusammen, das kam absolut nicht zur Deckung, Tante Elsbeth und die wunderbare Lichtgestalt.

Wie jedes Jahr eröffnete Ossi die Feierlichkeit mit den Grußworten im Weihnachtslieder-heftchen der *BUNTEN*.
"Sicher war es früher leichter, sich auf die Botschaft des Festes zu besinnen: Es gab weder Fernsehen noch die anderen Ablenkungen der modernen Welt."
"Richtig."
"So isses."
"Bravo."
Die Reaktionen der Familie.
"Aber wir können den Zauber des Christfestes zurückholen!"
Hier wurde jedesmal geklatscht.

"In diesem Sinne wünsche ich Ihnen von Herzen ein fröhliches Weihnachtsfest, Ihr Peter Alexander."
Starker Applaus.
An Ossis Lippe hing Spitzbubenzucker.
Inzwischen hatte sich Nunun ans Klavier gesetzt, konzentrierte sich kurz und spielte *Schlahaf in himmlischer Ruh*.
Natürlich die Nunun-Weber-Spezial-Fassung, was bedeutet, daß die rechte Hand nach jeder gesungenen Zeile die oberen Tasten wie Glöckchen anschlug. Stille Nacht, plingpling, heilige Nacht, plingpling, alles schläft, tating, einsam wacht, tatong, nur das traute hochheilige Paar, klingelotsch, im Zwischenteil verspielte sie sich meistens, schob aber sofort die richtigen Töne nach und brachte alle drei Strophen zu Ende.
Ossi, Sabine und Totnan klatschten Beifall und trampelten inbrünstig mit den Füßen.
Der gemütliche Teil des Abends war eröffnet. Totnan stach ein Fäßchen Pilsbier an, auf daß auch dieses Jahr die Weihnacht fröhlich werde. Sie prosteten, schluckten ausgiebig, hielten die Krüge in die Höhe und fielen fast gleichzeitig in den Lob- und Dankspruch: "Aaah, was is der Punsch so gut!"

Eine alte Gewohnheit, obwohl es schon seit langem bei Webers keinen Punsch mehr gab. Zuviel Arbeit das Aufwärmen und das Geschnipsel mit den Orangen- und Zitronenschalen, mit den komischen Gewürznelken und Zimtstangen.
Vor ein paar Jahren hatte Ossi zu später Stunde ebenfalls mit Bier geprostet, getrunken und jubiliert: "Aaah, was is der Punsch so gut!"
Kam natürlich entsprechend an, und weils so gut ankam, mußte es den Abend über so oft wie möglich angebracht werden.
"Aaah, was is der Punsch so gut."
"Aaah, was is der Punsch so gut!"
So entstehen Familiensitten.

Ganz früher kam vor dem Umtrunk erst das Evangelium von der Geburt unseres Erlösers zum Vortrag, aber seit nur gelacht wurde, wenn der Vater die Pfarrerrolle übernahm, und vor allem, als er selber immer lachen mußte, kam er zu keinem Ende und es war nicht mehr feierlich. Also wurde gleich das Bier angestochen.
Nunun präsentierte den Plätzchenteller. Das Buttergebäck, die Schokoladinchen, Kokos-

makrönchen, Spitzbuben und Terrassen wurden fröhlich beklatscht, bevor sie in den festlichen Mäulern verschwanden.
Ossi legte eine Mantovaniplatte auf.
"Im Krieg hatten wir eine Weihnacht..."
Bei Mantovani wurde er besinnlich.
"Im Boot der Vorpostenflotille, da haben wir den ganzen Abend Radio gehört, die Grüße der Heimat an die Front."
"Und gesoffen habt ihr bestimmt auch", vermutete Sabine.
"Das kannste aber annehmen. Um Mitternacht ist der Christbaum aus dem Fenster geflogen."
"Wart ihr nicht auf einem U-Boot?" Totnan paßte auf.
"Quatsch, wir haben U-Boote beschossen."
Ossi blies die Christbaumkerzen durch fünf ineinandergesteckte Pappröhrchen aus, ein einfaches und wirkungsvolles Patent vom Weihnachtsmarkt. Mit dem langen Rohr sah er einem korpulenten Barockengel ähnlich, der sich mit einem Alphorn in den Jüngsten Tag verirrt hat.

Vorübergehend verlor der Heilige Abend an Kontur, er plätscherte etwas ziellos dahin, bis Ossi sinnend nickte: "Jetzt fehlen nur noch ein paar Enkelchen."
Totnan und Sabine entnervt: "Hhhh."
"Ich hätte gern ein paar Enkelkinder." Ossi ließ nicht locker. "Gerade an Weihnachten."
"Ja, und ich auch", pflichtete ihm Nunun eifrig bei, wie abgesprochen.
Totnans Standardantwort: "Wir gehören zu den Mauleseln von Ascheberg."
Dabei spielte er auf die Kreuzung zwischen Pferd und Esel an, die sich selbst nicht mehr fortpflanzen kann.
"Eine Sackgasse der Evolution", konstatierte Sabine.
"Unwiederbringlich." Totnan leicht melancholisch.
Sabine im Stil einer alten Schauspielerin, die auf ihr wundervolles Leben zurückblickt und mit vornehm geschürzten Lippen nur das eine Wort sagte: "Unvargößlich."
"Ihr könntet aber wenigstens ganz langsam mal ans Heiraten denken", sagte Ossi.
"Wozu?"
"Damit ihr später eine schöne Erinnerung habt", sagte Nunun.

Im Mai 1949, als die Unternehmungslust wieder stieg, fand im Hopfengarten allerlei Kurzweil statt. Natürlich nicht wie in den heutigen Mehrzweckhallen mit Lichtorgel, Laser und Baß im Bauch, damals spielten die Stengerbrüder mit Schlagzeug, Gitarre und Schifferklavier.
"Die Tanzkapelle Monika spielte damals", verbesserte Ossi.
"Nein, die Stengerbuben."
"Das war die Tanzkapelle Monika, jede Wette."
Aber Nunun schwor auf die Stengerbuben. "Ich bin ja nur wegen den Stengerbuben hin."
Und so traf der 24jährige Oswald Weber, eine trotz Kriegs- und Nachkriegszeit recht stämmige Kugel, sein Gegenstück: Gudrun Scholl, rosig und rund.
Die könnte es sein, dachte Oswald, und Gudrun dachte: An dem ist was dran.
"Habt ihr getanzt?" fragte Sabine, und Totnan wollte es genau wissen: "Was war zuallererst: Hast du sie hereinkommen sehen oder du ihn?"
"Sie saß einfach da", sagte Ossi.
"Er stand einfach vor mir", sagte Nunun.
"Habt ihr euch sofort verliebt?" fragte Totnan.
Die Eltern schauten sich an und zogen die Münder schief.

"Naja", antwortete Nunun, und Ossi sagte: "Quatsch."
"Aber ich weiß noch genau", sagte Nunun, "als mein Lieblingslied gespielt wurde, hast du mich zum Tanzen geholt. Das hat was zu bedeuten, hab ich gedacht."
"Was für ein Lieblingslied?"
"Seht ihr, das weiß er schon nicht mehr", sagte Nunun und fing gleich an zu singen: "Mariandl Jandl Jandl, du hast mein Herz am Bandel Bandel..."
"Experimentelle Lyrik", murmelte Totnan.
Nunun hörte auf zu singen. "Das war der Geschmack von damals."
Sie hatte sich ans Klavier gesetzt und kramte den Fingersatz aus ihrem Gedächtnis. Nach ein paar falschen Tönen klappte es sogar. Mariandljandljandl, du hast mein - über drei Takte kam sie nicht hinaus. Trotzdem klatschte das Auditorium aufmunternd und pfiff wie bei einem Rockkonzert. Ossi wünschte sich die Caprifischer, sein Lieblingslied. Aber auch da fand Nunun die richtigen Tasten nicht mehr.
Jedenfalls hatten sie bei *Mariandl* das erstemal zusammen getanzt und schon bei *In the Mood* mußten sie vorzeitig aufgeben, dieser Schieber war viel zu rasant.

Aber Oswald Weber fand es wunderbar, wie schnell Gudrun schwitzte und schnaufte. Sowas brachte seine Phantasie auf Trab. Um genau zu bleiben, was sich in Oswald regte, hatte nicht nur mit Liebe und Erotik zu tun. Auch mit Beileid. Er konnte kaum fassen, daß es in dieser Stadt noch ein junges Wesen gab, das zur Last des Lebens einen nicht unbeträchtlichen Körper herumschleppen mußte und dazu kaum genügend Luft bekam. Ein Wesen, das sich trotzdem in den Hopfengarten geschleppt, sich darauf gefreut und mit einem solchen Tanzabend vielleicht eine ganz winzige Hoffnung verbunden hatte. Ein Wesen genau wie er selbst. So ein armes Luder konnte er doch nicht enttäuschen.

Deshalb begleitete er sie auch heim in die Inselstraße, obwohl er am entgegengesetzten Ende von Ascheberg wohnte. Eine Entscheidung, die alle Kraft verlangte, denn Oswald Weber besaß kaum die Kondition, durch die ganze Stadt und wieder zurück zu dampfen. Ihm ging es nicht wie dem reichen Theo Falk aus Leider, der nachts auf seiner Horex durch Ascheberg knatterte, um seine Mieze auf dem Godelsberg heimzusuchen. Und morgens wieder gemütlich zurück.

Aber nachdem Oswald Weber seine Gudrun auch am folgenden Wochenende heimgebracht hatte - der Weg war wieder weit für seine vom Tanzen geschwächten Beinchen -, flüsterte er ihren Namen zum erstenmal in Babysprache.
"Nunun", flüsterte er in ihr Ohr, "du dloße dicke Nunun", und Nunun sagte überglücklich: "O Ossi!"
Somit waren sie einander verfallen.
"Seid ihr euch nicht bescheuert vorgekommen?" fragte Sabine.
"Im Gegenteil", sagte Nunun, "wir haben geheiratet."

Genau so ist es. Du gehst an irgendeinem Tag in irgendeine Lokalität, schon bist du verheiratet. Der Hopfengarten hat viel Freude und Unglück über Ascheberg gebracht.
Totnan Weber schrieb: "Es war eine Stadt, wo auch der Blödeste eine Frau aufgabelte, und schon saßen die beiden im Elternabend der Verhaltensgestörten."

Bevor bei den Webers an Hochzeit zu denken war, galt es, ein Hindernis zu überwinden.

Nunun, die evangelisch war, mußte konvertieren. Jawohl, anders hätte es Ossis strenge Katholikensippe nicht ertragen. Für die waren die Evangelischen *Lutherböcke* und zu deren Gottesdienst sagten sie *Fasnachtsfeier*. So kommt es, wenn man in der Gutwerkstraße wohnt mit Blick auf Mariä Geburt.
Der Übertritt von einer Konfession in die andere ging ohne Schwierigkeit, vor allem, weil es von Nununs Seite keine Einwände gab. Es war niemand mehr da, der Einwände hätte erheben können.

Im April 1951 fand die Hochzeit statt.
Natürlich im Hopfengarten. In der Bauernstube zur Strickergasse hinaus. Da duftete es nach Leberknödelsuppe mit Markklößchen und Eierstich. Und gleich danach Rindfleisch mit Meerrettich. Und zum Nachtisch Götterspeise, aah, in Cognac getränkte Biskuits, wenn der Vanille- und Schokoladenpudding ineinander verlief, das sah schön aus. Die Tante Elsbeth machte es sogar mit einer Schicht Preiselbeeren zwischendrin.

Am 25. Mai 1952 kam ein Bübchen, ein Brocken von gut zehn Pfund kam in die Ascheberger Welt und nieste. Darauf war Ossi besonders stolz. Sein Stammhalter plärrte nicht gleich los wie die ordinären Kinder, Oswald Webers Sohn benieste das Leben. Auch bei seiner Taufe nieste er, nachdem ihm Pfarrer Strobel das Wasser über den dicken Kopf geschüttet hatte.
Später schrieb Totnan das

Protokoll: Namenstag

Mich mußten sie nach einem Frankenapostel nennen. Hatten damals bestimmt eine missionarische Phase. Sicher irgendwo einen Vortrag gehört. Exerzitien im Kloster Himmelspforten. Kilian wäre noch erträglich gewesen, Kolonat find ich sogar originell, aber Totnan. Nantot, von hinten genauso blöd.
Den Schädel meines Namenspatrons hab ich gesehen, als die Häupter der drei Frankenapostel ihre Tournee durch unser Bistum machten, bin ich in der Stiftskirche gewesen und hab mir den geschmückten Glasschrein

betrachtet. Ich wußte zwar nicht, welcher von ihnen meiner war, aber sehr fröhlich haben alle drei nicht ausgeschaut.

Am 15. August 1954, Mariä Himmelfahrt, kam Sabine zur Welt, übergewichtig und mit Totnan zusammen das ersehnte *Pärchen*. Nunun und Ossi Weber hatten sich hiermit geklont. So war es. Was da mit gerrender Stimme im Bett lag, war nicht Totnans Schwester, Totnan hatte eine Frau bekommen.

Da existiert noch ein Photo von den beiden, er, mit drei oder vier, in einem dunklen Fischgrätenanzug, und sie, konnte kaum stehen, aber ein Kostüm hatte sie an, kein Kleid, ein dunkles *Kostüm*.

Sie hatte sich bei Totnan *eingehängt*.

Andere Kinder in diesem Alter standen trotzig da, schnitten Grimassen, hielten sich höchstens an der Hand, Sabine mußte sich bei Totnan *einhängen*, er reichte ihr seinen *Ellbogen*, in seinem dunklen Anzug, steif und stolz, ein zusammengeschrumpfter Großvater am Tag seiner Goldenen Hochzeit.

Den Hopfengarten gibt es schon lange nicht mehr. Er wurde abgerissen wie die Häuser drumherum. Dabei fehlte nicht viel, und der Hopfengarten hätte überlebt. Er wurde nämlich in die Denkmalschutzliste aufgenommen, aber noch am selben Tag machte die Abrißbirne kurzen Prozeß. An seinem Platz steht jetzt ein riesiges Mausoleum, das als Stadthalle genutzt wird.

In den 50er Jahren baute sich die junge Weberfamilie ihr Bestattungsinstitut auf. Ossi kam aus der Schreinerei, da war der Weg nicht weit zum schwarzen Gewerbe. Und Nunun hatte schon am 21. November 1944, abends kurz nach sieben Uhr, in der Inselstraße eine Villa geerbt. Da fiel nämlich auf ihre Eltern eine Bombe. Überall in der Stadt fielen Bomben, aber Damm wurde fast ausgerottet. Als Vermächtnis bekam Nunun einen Spruch, der dem Ehepaar Scholl so gut gefallen hatte, daß es ihn auf sein Haus schreiben ließ.

Du bringst nichts in die Welt,
du nimmst nichts mit hinaus,

laß eine güldne Spur
im alten Erdenhaus.

Über dem Eingang stand nun zusätzlich:

Pietät Weber

Zur Eröffnung schenkte Onkel Isidor einen Bildband über die Kultur der alten Ägypter.
"Wie kommste denn da drauf?" fragte Nunun.
Onkel Isidor antwortete: "Die Bestattungsinstitute beginnen in Ägypten."
Besonders Sabine war *ganz narrisch* mit diesem geheimnisvollen Bilderbuch. Unbeholfen blätterte sie darin herum und patschte auf die Sphinx. Sabine war es zu verdanken, daß sich der Prachtband in Einzelblätter auflöste und deshalb um so sorgfältiger gehütet wurde. Fast jedes Bild malte sie immer wieder ab, bis sie es auswendig zeichnen konnte. Die wunderbaren Göttergestalten mit Hunde- und Vogelköpfen, die Sonnenstrahlen mit den Händen vornedran, die Pillendreher, die Barken, die Pharaonen und die seltsamen Schriftkrakel, die alles noch rätselhafter machten. Sabines Lieblingsbild war

die einäugige Nofretete mit ihrer exzentrischen Mütze.

"Mama!" Stolz führte sie ihr Gemälde vor. "Guck mal wie schön."

Der Herr Elsässer sagte: "Oh, eine Köchin."

Damit war er eine Zeitlang unten durch.

Ossi ließ sich damals einen Bart wachsen, um auf die Kunden älter, vertrauenerweckender und pietätvoller zu wirken. Da brauchte er keinen Marketingberater. Er zog sogar in Erwägung, nebenher einen kleinen Antiquitätenhandel aufzuziehen, "verstehst du, mehr so unter der Hand, mit den Nachlässen bin ich doch ständig an der Quelle", aber Nunun sprach ein Machtwort.

Wenn Ossi nicht zum Hausbesuch gerufen wurde, fand die Beratung der Trauergäste im Wohnzimmer statt. Da mußten die beiden Kinder im Garten verschwinden oder im Speicher spielen und sich dabei besonders ruhig verhalten. Nur an dem Tag, als sie eine Kuckucksuhr bekamen, liefen sie alle halbe Stunde ins Wohnzimmer, um zu erleben, wie an der Wunderuhr der Fensterladen aufging und der

Vogel herauskam. Er rief aber gar nicht "Kuckuck", er rief: "Düllerlück".
Seltsamerweise erinnerte sich Totnan auch an die Obstschale voller Quitten, die nur einen Tag lang auf dem Klavier stand.
"Wegen des guten Geruchs", sagte Nunun.
Aber Ossi meinte: "Das riecht nach Verwesung."
Sofort verschwanden die Quitten, und es wurde ein *Rauchverzehrer* angeschafft, der war elektrisch, wurde heiß, verdunstete ein Duftwasser und ergab eine chinesische Beleuchtung. Aber Totnans Lieblingsgeruch war der eines Pflasters, das ihm Nunun um ein *Wehweh* klebte. An so einem Pflaster roch er gern, an so einem Pflaster roch er zwanghaft, weil dieser sanfte Geruch ihm zuflüsterte: Es heilt. Es heilt. Es wird alles wieder gut.
Vor dem Schlafengehen sagte Nunun: "Ich erzähl euch was vom Jesulein."
"Nichts vom Jesulein", war die Antwort, "erzähl uns vom Schneewittchen."
Das war über Monate weg der große Erfolg. Schneewittchen war für Pietätkinder der absolute Renner. Im Sargmagazin, nur durch einen violetten Samtvorhang vom Wohnzimmer getrennt, wurde der dramatische Märchenschluß

immer wieder gespielt. Sabine durfte im Sarg liegend den giftigen Apfelgrütz ausspucken.
Später wurde richtige Aufbahrung gespielt, Totnan lag starr auf dem Holzwollebett, Sabine spielte die schluchzende Witwe. Sie trauerte ausführlich, jammerte und weihwasserte, bis sie über Totnans Grimassen zu lachen begann. Dann mußte sie im Sarg die Fratzen schneiden, ihr Bruder durfte kondolieren.
Eine Variante gabs, wenn Nunun mitspielte; da fiel die Mutter nämlich beim Anblick der sich plötzlich bewegenden und auferstehenden Leiche sehr lebensecht mit dramatischem Schrei in Ohnmacht. Mußte wegen der großen Nachfrage oft wiederholt werden. Keinen Abend gabs Ruhe, bevor Nunun nicht mehrmals in Ohnmacht gefallen war.
"Gudrun!" rief Ossi.
Wenn er "Gudrun" sagte, wurde es ernst.
"Hau ihnen auf die Finger", schimpfte er. "Die sind so dick, daß sies gar nicht merken."
Richtig. Totnans Hände waren wie die seines Vaters. Sabines und Nununs Hände sahen genauso aus. Schweineklauen, das waren sie. Die Familie Weber war eine dicke Schweinefamilie und tobte im Sargstall herum.

Bis Nunun auf eine drastischere Gangart schaltete: "Wenn ihr nicht endlich folgt, könnt ihr mich bald auf dem Friedhof besuchen."
Nein! Wir schuld an ihrem Tod.
"Bei dem Ärger habt ihr mich schnell unter die Erde gebracht."
Aufhören! Wir tun doch schon alles.
"Dann ist es zu spät."
Verlang, was du willst. Red nur nicht so. Geißel uns, schlag uns, drück unsere Pratzen auf die Herdplatte, schick uns ins Bett, aber bitte red nicht so.

Einmal kam Nunun die Idee, sie hätte einen Tumor. Sie klebte gerade Photos in ihr Musteralbum, Photos von Aufbahrungen, Blumenarrangements und Kränzen, "damit die Leute einen Eindruck haben". Da stach es ihr hinter der Stirn. Ganz schlimm stach es hinter der linken Stirn.
"Da muß in Würzburg der Kopf aufgemeißelt werden", sagte sie. "Da wird die Kopfplatte aufgebohrt."
Es war gräßlich. Nunun hilflos bei den Würzburger Schlächtern.

"Darf nur ein Nerv getroffen werden, schon haste ein Gesicht."
Anschaulich zog sie eine Fratze.
Noch viele Jahre fürchtete Totnan, er komme nachhause, und Nunun sei in die Kopfklinik eingeliefert worden.
"Sie ist bereits aufgemeißelt", würde Ossi ihn begrüßen, dann würden sie alle zusammen nach Würzburg fahren und ihr verzerrtes Gesicht anstarren.
Aber Nunun war jedesmal zuhause, wenn er heimkam, und sie hatte keinen Tumor. Sie gab ihrem Pärchen Fides-Nervennahrung, Nährbier, Lebertran und Vitamin C, damit die beiden in der Welt bestehen möchten.
Totnan sagte: "Wir wären sofort aus der Schule geflogen, wenn wir einen Dopingtest gemacht hätten."

Ein großer Trost war das Baumhaus, das ihnen Ossi in die alte Zwetschge gezimmert hatte. Darin verbrachten sie ganze Nachmittage, verbarrikadierten sich gegen Indianerangriffe, schlossen Blutsbrüderschaft und rauchten Friedenszigaretten. Sie bereiteten Kriege vor

oder Expeditionen in den Dschungel oder eröffneten ein Bestattungsinstitut im Wilden Westen. Das Baumhaus war ihr Schiff, ihr Pferd und ihre Kutsche, es war die fliegende Untertasse überallhin. Nach Harz roch diese Reise, nach Rinde und frisch gesägtem Holz.
Die Fernsehtruhe, die sie 1966 zur Fußballweltmeisterschaft bekamen, leitete ihre Abenteuer auf die Vierwindeinsel. Nun gruben sie im Garten nach einem Schatz, Sabine rechnete fest mit einem toten Römer und mit Goldschmuck oder Münzen als Grabbeigaben. Manchmal spekulierte sie sogar auf einen unbekannten Pharao, der mit einer Bürgerlichen nach Ascheberg durchgebrannt wäre, und wenn der Spaten auf einen Stein oder auf sonst etwas Hartes stieß, war der Pharao ganz nah.
Nachts im Bett hörten sie von draußen Scharren und Flüstern, da gruben Feinde, um ihnen zuvorzukommen. Aber auch die fanden nicht einmal einen Knochen.

Der Heilige Abend war am Versickern. Totnan betrachtete seine Hand, und siehe, sie war eine

alte Affenpfote. Da klingelte es, und Isidor brachte noch einmal Schwung in die Pietät.
Der Onkel erschien angeschickert und in Begleitung einer vielleicht 40jährigen Madam in verzogenen Netzstrümpfen und einem kurzen Kleid aus rot lackiertem Plastik. Sie war sicher schon 50, aber so aufgedonnert, daß sie viel jünger wirkte. Onkel Isidor hatte eine wattierte Bomberjacke an und benahm sich keck wie ein Halbstarker.
"Frohes Fest" wünschte er und verkündete aufgedreht: "Darf ich vorstellen: Kiki d'amour."
Sabine und Totnan klatschten, Ossi legte das Feiertagsrätsel des *Gong* beiseite und pumpte frisches Bier aus dem Fäßchen. Demonstrativ verließ Nunun das Zimmer und schlug die Tür zu.
"Die Arme hat draußen gestanden wie ein Brett", erzählte das Onkelchen.
Im Schweinheimer Friedhofshäuschen hätten sie sich aufgewärmt, Weihnachten gefeiert, "bei mir ist immer Fest der Liebe". Onkel Isidor schmunzelte selbstgefällig und sprach zügig dem Heylandsbier zu.
"Entschuldigung", sagte Kiki grundlos.

"Greifen Sie nur zu", sagte Ossi und schob ihr den Plätzchenteller hin. Kiki biß in ein Kokosmakrönchen. Ossi quetschte seinen Bart.
"Ich hab ihr eine Heimstatt gegeben", tat sich der Onkel groß, "sie kann jederzeit bei mir unterkommen. Jederzeit."
Kiki zerrte an ihren Strümpfen.
Onkel Isidor erzählte zusammenhanglos, aber soweit war zu verstehen, daß Kiki d'amour aus Schöllkrippen stammte und in Wirklichkeit Reinhilde hieß.
"Entschuldigung", ließ Kiki einfließen. Sie hatte auch schon ganz schön getankt und wandte sich wieder ihren Strümpfen zu. Unter dem Kleid schauten Strapse hervor und blaue Haut. Ossi verbog seinen Bart.
"Sie is ein armes Luder", artikulierte Isidor schräg ins Zimmer, "sie hat bei mir immer eine Heimstatt." Er patschte Kiki aufs Knie. "Jederzeit bist du im Friedhof willkommen."
Kiki unerwartet aggressiv: "Das kannste dir unter die Vorhaut schieben."
Zu den anderen sagte sie sofort: "Entschuldigung. Ich hör den ganzen Abend diesen Schwall. Entschuldigung."

Totnan kritzelte in sein Protokollheft, während Ossi dreinschaute wie ein Mitglied der Freiwilligen Selbstkontrolle.
Onkel Isidor, der sich eine Weile im Bierglas betrachtet hatte, schwang sich zu einer Solidaritätsadresse auf: "Ich bin ein großer Freund der Frauen", er hob sein Glas hoch, "und der Frauenbewegung", dabei stieß er sein Glas nach vorne. "Ich bin ein Freund der Emanzion. Es muß sich noch viel ändern."
Kiki lehnte sich zurück und grunzte.
"Es muß sich viel ändern." Onkel Isidor ließ sich nicht stören.
"Es muß sich alles ändern."
Gewaltige Geste.
"Alles."
Fast hätte er den Tisch leergefegt.

Später sagte Nunun über Kiki: "Die kommt mir nicht mehr über die Schwelle."
Sie sagte tatsächlich "über die Schwelle" und sie sagte: "Wir sind kein Puff."
Onkel Isidor: "Klingt gar nicht übel: Pietät Puff."

"Die kommt mir nicht mehr über die Schwelle! So ein Schlüppchen."

Die zum Sarg drängenden Trauergäste nahmen nicht ab.
"Ich war tief erschüttert."
Die Frau aus der Uhlandstraße, wo der Gartenzaun aus gußeisernen Speeren besteht, sprach ihr Beileid aus.
"Ich bin immer noch erschüttert. Ganz tief erschüttert. Ich habs erst heut früh erfahren, ich war doch gestern in Würzburg, nur Streß", sagte sie, "nur Streß, vorgestern war ich in Frankfurt, ich war erschüttert, total erschüttert."
Der Rachor von der Buchhandlung Diekmann war auch da.
Onkel Isidor spielte *Nehmt Abschied Brüder ungewiß*. Neben der kleinen Orgel lag die Notentasche auf dem Boden. Immer noch die häßliche Plastikmappe von den Orgelstunden.
In St. Martin klapperten sie die Wendeltreppe nach oben, es roch nach Ruß, nach Speicher und Wandputz, sie standen vor dem Trumm Orgel, Isidor Weber ließ Totnan ins Gehäuse mit all

den Pfeifen und Schläuchen und Windladen hineinschauen, zeigte ihm die Ritzen in den Pfeifen, an denen sich der Luftstrom bricht, und er zeigte ihm die Metallzungen, die von der Luft wie bei der Mundharmonika, sagte er, zum Schwingen gebracht würden.

"Das ist wie wenn in einer gruseligen Nacht der Sturm um die Hausecke fegt und sich am Fensterladen bricht oder am Kamin. Laut und unheimlich summt es in verschiedenen Tönen, jedes Haus mit seinen Fensterläden und Ritzen ist sozusagen eine Orgel. Du brauchst nur einen Grashalm zwischen die Daumen zu spannen und dagegen zu pusten, schon gibt es einen Vogelschrei. Und wenn du ein Schilfrohr richtig an deine Lippen hältst und hineinbläst, gibt es einen wunderbar ausgeglichenen Ton. Und wenn du verschiedene Schilfrohre hast, geben die langen einen tiefen, die kurzen einen höheren Ton. Die Orgel ist eigentlich ein fantastisches Schilfkunstwerk."

Die Empore war für ihn ein künstlich angelegtes Biotop mit Schilfrohren, Gräsern, Enten und Vögeln und viel viel Wind.

So sah Onkel Isidor den Organisten: ein Mensch, der einem Biotop Atem einhaucht.

Auf allen Orgeln der Stadt hatte Onkel Isidor schon gespielt, aber sein Lieblingsinstrument war diese alte dicke Dame von St. Martin. Wie die schon Atem holte, wie da der Blasebalg knarzte, sich mühselig dehnte und nach Luft schnappte, bis endlich alle Schläuche gefüllt waren. Und wie die Register beim Einschalten klapperten und wie sie zitterten vor dem ersten Akkord, der deshalb verstimmt klang und wütend. Wer stört meinen Schlaf und meine wohligen Träume?
Mißmutig klang sie beim Anschlagen der Töne, fast heulend kamen die heraus, weinerlich, aber auch ein bißchen trotzig. Da bin ich noch, hört ihr mich, hört ihr meinen Prinzipal, meinen Pommer, meine Mixtur, meine Majestät?
Schon hat sich der Raum verändert, er spielt den alten Kavalier, reicht der Hochwohlgeborenen seine Säulen, seine Bögen, Wände und Kuppeln, gemeinsam schreiten sie voran und erreichen schließlich, daß Schwester Smaragda zu Onkel Isidor sagt: "Kaum zu glauben, was Sie aus der alten Kommode noch alles herausholen."

Zwei

Die Kommode, in der Totnan Weber aufwuchs, war römisch katholisch. Er wurde in die Bibel hineingeboren. Totnan Weber war ein *Gotteskind.* Von den Gestalten der Bibel umstellt und ausgefüllt. Von Abraham fast geschlachtet. Als Joseph nach Ägypten verschleppt. Mit Moses durchs Rote Meer auf den Berg Sinai gegen die Philister, gegen Baal und Goliath. Von Johannes im Jordan getauft. Von Petrus übers Ohr gehauen, bevor der Hahn dreimal krähte. Weinend unterm Kreuz gestanden und im Himmel feierlich gekrönt.

Protokoll: 19 + C + M + B + 64

Wenn die zunächst und zumeist so genannten Heiligen Dreikönige in der Epiphanie-Andacht gesegnet und ausgesandt worden sind, schwärmen sie in die Stadt an jedes Haus, ob man sie bestellt oder nicht. Ist ein Hausbewohner unvorsichtig und zeigt sich an der Tür, beginnen sie unwiderruflich mit ihrer heiligen Königszeremonie. Das heißt sie singen erst einmal alle zusammen: "Wir heilgen drei König mit unserem Stern, wir ziehn durch die Lande und suchen den Herrn."

Nun erhebt der Schwarzgeschminkte mit dem verschmierten Turban seine Stimme zu einer Soloeinlage: "Ich, Kaspar, ich habe ein schwarzes Gesicht, doch drinnen im Herzen ist Weihnacht und Licht."

Soviel zur Psychologie des katholischen Negers. Er könnte natürlich auch das Rezitativ der Missionsklöster verwenden: "Willst du Heiden Hilfe schicken, laß mich armen Neger nicken." Wenn man da nämlich Geld in den Opferkastenschlitz hineinwarf, wurde ein Hebel in Schwung gesetzt, welcher der Negerfigur den armen Hals hin und her schwingen ließ. Der farbige Kasper könnte auch die einfachen Worte sprechen: "Mein Name ist Bakschisch, Bimbo Bakschisch."

Der zweite König läßt sich nun nicht lumpen und singt halb schon im Stimmbruch: "Ich,

Melchior, ich trage von Gold eine Kron, die schenk ich dem Kinde, dem göttlichen Sohn."
Im folgenden nähern wir uns schon dem taktischen Höhepunkt, wenn der dritte König herausläßt, um was es geht: "Ich bin von uns dreien der Balthasar, ich sage euch offen: das Geld ist so rar."
Jawohl, es geht wie immer und überall um den hochheiligen Zaster. Das läßt die drei Gauner in den gegrölten Appell ausbrechen: "Drum spendet ein Scherflein und legt es hinein, es wird eine Hilfe im Heidenland sein."
Letztere Zeile kann nach Bedarf variiert werden, so habe ich in Ascheberg schon die Weise vernommen: "Es wird eine Hilfe fürn Kirchenbau sein."
"Auf jeden Fall wird es der Kirchensau helfen, Milch aus ihren Ferkeln zu saugen", sagte Onkel Isidor.
Aber man spendet die Milch nicht umsonst, einer der Könige nimmt ein Stück Kreide und sagt folgendes Sprüchlein: "Gott segne dieses Haus, er möge euch führen, das schreiben wir heut auf die Schwellen der Türen."
Was er meint, ist die katholische Algebra:

19 + C + M + B + 64

Hat der Kreidekönig sein Menetekel vollbracht, kriegen die Vermummten endlich die Silberlinge, und die Mutter oder Oma des Hauses hat noch ein paar Plätzchen in eine Leckerland-Tüte gesteckt, und wenn der Hausherr gut drauf ist, spendiert er als Zugabe einen klaren Alkohol gegen die Kälte, da wird die Stadt langsam elastisch, da wird liebend noch ein Schwänzchen geplärrt: "Wir singen zum Danke und tragen den Stern und grüßen das Christkind und tun es verehrn."
Später am Tag kommen die Sangesbrüder zunehmend in die Bredullje, weil ihnen der spendierte Spiritus zuviel Luft wegnimmt, weil ihnen die Stadt immer fatamorganischer vorkommt, das morgenländische Maskenspiel zwingt die Könige dermaßen zum Wiehern, daß sie nicht selten in die Hose pinkeln. Dochdoch, das hab ich selbst erlebt an den eigenen heiligen Dreibeinen.

Das Requiem für Papst Pius durfte Totnan bei Tante Elsbeth sehen, die hatte damals schon einen Fernseher, hatte ihn extra zu diesem Anlaß gekauft. Die Aufbahrung und die Totenfeierlichkeiten, die nachfolgende Papstwahl, der weiße Rauch aus der Sixtinischen Kapelle und die Krönung von Johannes XXIII. war für Tante Elsbeth wie für andere ein Weltmeisterschaftsturnier.

Totnan erinnerte sich nur noch an den aufgebahrten Papst Pius und an die vielen Nikoläuser drumherum. Der Papst Johannes kurbelte ja später das Konzil an, Totnan sah noch genau vor sich, wie der gesamte Petersdom in ein Nikolaustreffen verwandelt wurde. Längst hatte sich Totnan selbst eine Mitra gebastelt und saß auf dem kardinalsrot gepolsterten Sessel, auf dem *Thron* im Weberschen Beileidszimmer, in ein weißes Totenhemd gehüllt, ein Kreuz aus Goldpapier hing auf der Brust und ein Ring mit rotem Stein steckte an der rechten Hand, die von Sabine geküßt werden mußte.

Den Ring hatte er aus der Kaufhalle. In der Fasnachtszeit bei den Fasnachtsartikeln gefunden.

"Aha", sagte die Verkäuferin, "ein Maharadscha."

Die konnte ja nicht wissen, daß der *Papst* vor ihr stand.

Die Mitra wurde bald von dem kleinen weißen Käppchen abgelöst, das ihm Tante Elsbeth

genäht hatte. Sie unterstützte seine geistlichen Spiele, um ihn für den Priesterberuf zu begeistern, sie sah sich schon stolz bei der Primiz sitzen und mit Tränen der Rührung Leberklößsuppe löffeln.
Onkel Isidor sagte nur, sie wolle Totnan für die Kirche ködern, aber manchmal spielte er sogar mit. Als Kurienkardinal Augustin Bea stellte er die Gesandten anderer Länder vor, den Außenminister von Frankreich, den japanischen Botschafter, der dem Heiligen Vater sein Beglaubigungsschreiben überreichte, den Erzbischof von Palermo, den Patriarchen von Venedig und den Rektor der katholischen Universität von Mailand.
Onkel Isidor bevölkerte das ganze Zimmer mit Würdenträgern, er ließ sogar den Konrad Adenauer auftreten und versprechen, daß nur noch Katholiken in die Regierung kämen.
Der Papst dankte feierlich mit ausgebreiteten Armen, grüßte und dankte und sagte: "Este. Este. Este." Und mit erhobener Stimme fügte er hinzu: "Este gloria, este dominus, canisius in puma, este, este." Das klang sehr lateinisch.
Bei der Audienz der Ordensschwestern im kleinen Thronsaal predigte der Papst, daß die Nonnen nicht jeden Abend in der Badewanne

herumsitzen sollten, sondern beten und Buße tun.
Bei schönem Wetter zog die Camarilla auf den Balkon, Sabine, Totnan und Onkel Isidor, die Heilige Dreifaltigkeit erschien auf der Loggia, um dem Volk draußen auf dem Petersplatz den Segen zu spenden. Die italienische Militärkapelle spielte die Papstfanfare, zu der das diplomatische Corps salutierte. In den Blumenkästen steckten von der letzten Fronleichnamsprozession übriggebliebene gelbweiße Fähnchen, und der Heilige Vater nickte gütig, segnete, winkte, nickte gütig, winkte, segnete, nickte und wunk.
Schlagartig unterbrochen von Nununs ärgerlicher Stimme: "Jetzt kommt endlich rein, das Essen wird kalt."
Zu Onkel Isidor sagte sie: "Alter Esel."

Totnan Weber trat vor den Katafalk. Papst Johannes persönlich segnete die sterblichen Überreste mit Weihwasser. Im Sarg lag Kardinal Ottaviani. Der Papst blieb andächtig stehen, lang blieb er stehen, dann schritt er

zögernd und starrend an seinen Platz zurück. Er starrte auf eine Szene, die nur er sah.
Sabine in Nununs violettem Sommerkleid, wie sie als Kardinal Döpfner die Gedenkmedaille vom Eucharistischen Weltkongreß in München überreichte, die kleine Medaille mit dem roten Glasstein darauf, Ossi hatte sie mitgebracht, hatte sie vom Pfarrer Strobel bekommen oder damals bei der Kolpingsfamilie gekauft, ein Kleinod, das in den nächsten Monaten im Weberschen Vatikan als höchste Auszeichnung von den Kirchenfürsten hin und her verliehen wurde. *Pro mundi vita* war da eingeprägt, vita, das bedeutete etwas sehr Gesundes.
An die Zimmertür wurden zwei Besen gestellt, das war die Schweizer Garde. Nunun kam als Jacqueline Kennedy zur Audienz, mit einem schwarzen Schleier vor dem Gesicht, wie es in der *BUNTEN* abgebildet war und wie es das vatikanische Protokoll erforderte. Verbeugte sich tief, küßte den Ring Seiner Heiligkeit, wurde dem Kardinal Ottaviani vorgestellt und machte alle Feierlichkeiten mit, aber im nächsten Moment konnte sie sich den Schleier vom Kopf reißen.
"So, jetzt lernt was!"

Da spielte sie die böse Kurie, die selbst den Papst schurigelte.
Als Sabine den Heiligen Vater spielen wollte, kam es zu einem zornigen Theologiedisput und zum Schisma, so daß wochenlang keine Audienz mehr gehalten wurde. Bis sie in Rom das Konzil eröffneten, da kam es auch in der Inselstraße zum Dialog mit der Welt von heute.
Sabine mußte froh sein, daß sie als Mädchen einen Bischof, einen Präsidenten oder gar den päpstlichen Privatsekretär darstellen durfte und nicht nur klatschendes Volk. Meistens spielte sie den Kardinal Ottaviani *und* klatschendes Volk. Den Ottaviani wohl wegen der Korpulenz und des schönen Namens.
Jeden Nachmittag, wenn sie ihre Schulaufgaben erledigt hatten, eröffneten Papst Johannes und Kardinal Ottaviani ein Konzil. Nur einmal spielte Sabine eine Krankenschwester, als Totnan Mandelentzündung hatte und in seinem Bett einen Gelähmten verkörperte, der in Lourdes geheilt wurde.

"In Lourdes war ich fünfmal", erzählte Tante Elsbeth. "Die Strecke kenn ich auswendig. Ich sag nur: Jetzt kommen die Rosmarinfelder. Und kurze Zeit später kommen die Rosmarinfelder. Dann sag ich: Jetzt kommen die Lavendelfelder. Schon kommen die Lavendelfelder." Und sie ließ einen Klassiker heraus: "Ich fahr gern nach Rom", sagte sie, "aber Lourdes ist Lourdes."

Die Sandkirche zog an den Autofenstern vorbei.

"Da war ich in einem - Vorsicht!"

Der Astra vornedran stoppte schon bei Gelb. *Schwarzer Tiefflieger* stand über seinem Nummernschild. AB-AK.

Klingt gut, dachte Totnan und sagte laut: "Abak."

Auf der Linksabbiegerspur, wie passend, AB-EK.

Abak und Abek.

Die Urmutter Abak, dachte Totnan. Der Urvater Abek.

Hier wurde sie gegründet, die Erdenfamilie.

Protokoll: Ascheberger Schöpfung

Am Anfang waren zwei Ströme.
Die Namen der Ströme: Aschaff und Main.

Aus den Wassern der Aschaff stieg Abak, schön und groß.
Aus den Fluten des Mains stieg Abek, gewaltig von Ewigkeit zu Ewigkeit.
Jahrtausende schliefen sie, sie schliefen am Hügel aus warmer Asche.
Sie schliefen und träumten am Tag eine Sonne und nachts einen Mond.
Und siehe, da bewegte sich Abak.
Sie rieb ihre verschlafenen Augen und spuckte fröhlich nach Norden.
Ihr Speichel vermischte sich mit der Asche des Nordens, so entstand eine Dämmer Frau.
Schau her, rief Abak, mein strahlendes Abbild, aus mir hervorgegangen! Solange die Sonne währt, blühe ihr Name.
Und siehe, da bewegte sich Abek.
Er rieb seine verschlafenen Augen und spuckte fröhlich nach Süden.
Sein Speichel vermischte sich mit der Asche des Südens, so entstand der Schweinheimer Mann.
Schau her, rief Abek, mein Ebenbild! Meine Zunge soll ihn rühmen für und für.
Köstlich, köstlich, so spuckten sie bis zum Abend.
Und siehe, es war eine große Freude.
Gut, frohlockten die Dämmer Frauen.

Gut, frohlockten die Schweinheimer Männer.
Welch eine Freude.
Abak aber spuckte nach Osten, und es entstanden die Bäume, Sträucher und Gräser, ein jedes nach seiner Art.
Der Godelsberg, sagte Abak und schlug froh in die Hände.
Und Abek spuckte nach Westen, und es entstanden viel Viecher, alles auf Erden, was kreucht und fleucht und was sich regt auf dem Felde.
Der Erdteil Leider, sprach Abek und schnalzte mit der Zunge.
Es war ein Spucken und Lachen und freundliches Spotten bis zum Abend.
Als aber die Nacht hereingebrochen war, weinte Abak und aus ihren Tränen wurden die Strietwälder.
Als Abek die Strietwälder sah, jammerte er laut. Rotz und Wasser liefen ihm über die Lippen und tropften herab.
So entstanden die Nilkheimer.
Die gewaltigen Urgötter rieben sich aus Verzweiflung Hände voll Schlamm ins Haar. Sie klagten ihr Weh, bis sie in den Fluten entschwanden.

Die Ascheberger aber vermischten und vermehrten sich, gruben Höhlen und Kanäle, bauten Kapellen und Schornsteine, erfanden Fahrräder, brauten Bier und aßen Bauernbrot, schlugen froh in die Hände, und wenn sie nicht gestorben sind, sterben sie noch heute.

Eine Faust reckte sich aus dem Federbett, es folgte die nächste Faust und ein drückendes Gäääääähhhnen, das aushauchte mit einem "O leck". So begrüßte Sabine den neuen Tag.
Totnan bemerkte, daß seine Schlafanzughose ganz feucht war.
"Ich hab in die Hose gerappelt", beichtete er seiner Mutter.
Aber Nunun sagte nur: "Bei Buben ist das so."
Auf einmal ließ sich Sabine die Haare abschneiden, sah aus wie die Alexandra, mit Schwänzchen unter den Backenknochen. Und im Bad stand plötzlich ein kleines Fläschchen mit der Aufschrift BEAUTIFUL. So begann Sabines Reifezeit.
In den Sommerferien zeltete sie mit der KJG. Sie erzählte, daß in der letzten Nacht der Ruthard in ihrem Zelt geschlafen habe. Sabine

dachte, jetzt würden alle schwanger. Durch die Ausdünstungen eines schlafenden Mannes. Wie durch Grippeerreger. Sie dachte, sie hätte sich bei Ruthard *angesteckt*.

Totnan beruhigte sie. Immerhin war er zwei Jahre erfahrener.

"Schwanger wird man vom Küssen", sagte er.

Als Nunun das hörte, schickte sie ihre Kinder in den Aufklärungsabend der Kolpingsfamilie. Der fand im Pfarrsaal statt, und es kam ein Aufklärer extra aus Würzburg, der hieß Meisenzahl oder so ähnlich. Er kam von der Domschule und sagte, daß man die Vorhaut jeden Tag zurückziehen und waschen soll, weil sich da sonst schlimme Bakterien ablagern, Talg und so Zeug. In der Diskussion empörte er sich darüber, daß Homosexuelle ihren Penis in den After stecken, aber als ihn Sabine fragte, wozu Männer Brustwarzen hätten, wußte er keine Antwort.

"Du bist jetzt in der Pubertät", sagte Onkel Isidor, und Totnan bekam einen roten Kopf, denn er hielt dieses Wort für etwas Unflätiges.
"Ich habe unkeusche Bilder und Statuen betrachtet", beichtete er Pfarrer Strobel in Demut und Reue alle vierzehn Tage vor *Spiel ohne Grenzen*.
"Hast du dabei unkeusche Gedanken gehabt?" fragte der Pfarrer.
"Manchmal", sagte Totnan.
"Du mußt dir immer wieder vor Augen halten, was Jesus für dich erlitten und erduldet hat", flüsterte Pfarrer Strobel so leise, daß Totnan nur die s- und d-Laute hörte, alles andere mußte er sich selber füllen, "betrachte gern und oft sein Leben und Leiden bis zum Tod am Kreuz, sei dankbar, beleidige nicht deinen Erlöser, niemand liebt dich mehr als er, bete zur Buße den schmerzhaften Rosenkranz."
Zum erstenmal hörte er vom *Geschlecht* in der Kirche und im Kindergarten, Jesus war nämlich aus dem Geschlecht Davids. In der Schule hörte er es im Deutschunterricht, ein Wort wie Mehrzahl, Artikel oder Konjunktiv. Aber dann gab es noch ein ganz anderes Geschlecht, als er das in sich spürte, wurde es ihm unheimlich. Es blähte sich auf wie ein gallopierendes

Karzinom, und dann war es nicht mehr nur innen drin, dann war es auch außen, überall war Geschlecht. In jedem Haus, fast hinter jeder Tür hielt sich ein Geschlecht verborgen. Ging er nur friedlich zur Bushaltestelle, schon stand da ein Geschlecht, daß er gar nicht mehr wußte, wohin mit den Augen. In der Hypobank bediente ihn eine mit einem bißchen Geschlecht, im Wartezimmer vom Dr. Schleicher saß ihm ein verunstaltetes Geschlecht gegenüber, da konnte er ganz normal hinschauen auf die vielen Pusteln in ihrem Gesicht, doch die Verkäuferin in der Schwanen-Apotheke war das totale Geschlecht. Leider schämte er sich, weil er ein Rezept gegen seinen Schorf einlöste. Aber er schnippte sie ganz fest an, damit er sie in der ewigen Seligkeit nicht verfehlte.
Alte Gewohnheit aus Kindertagen. Totnan Weber schnippte mit seinem Zeigefinger über den Daumen dreimal in die betreffende Richtung, wenn er jemanden im Himmel wiedersehen wollte.

Damals las er den Ausdruck *Steiler Zahn* bei einer Fotoausstellung als Titel unter dem Bild eines Mädchens.
Sabine stumpte ihn: "Guck mal, Steiler Zahn."
Sie mußten beide lachen über so einen unpassenden Titel. Sie dachten, er wäre *aus Versehen* unter das Bild geraten, und eierten sich über die Schusseligkeit des Dämmer Fotoclubs.
Totnan brauchte nur zu sagen "Steiler Zahn", schon kriegten sie sich nicht mehr. "Steiler Zahn", sagte Sabine, und Totnan machte sich fast in die Hose.

Irgendwann lief im Rex *Die größten Titten von West Virginia*. Totnan dachte an einen *See*, an den größten See von West Virginia, Herr im Himmel, er dachte tatsächlich an sowas wie den Titisee oder wenns hochkam an sowas gewagt Zweideutiges wie die Wasser von Titicaca.
Viel später schrieb Totnan: "Wenn jemals das Wort *Titten* über unsere Lippen gekrochen wäre, Tante Elsbeth hätte uns den Mund mit Seife ausgewaschen und sofort zum Beichten geschickt."

Mit 12 verliebte sich Totnan in die schöne Lygia aus dem Quovadisfilm.
Ungefähr mit 13 stellte er sich beim Duschen seinen Klassenkameraden Jochen Hoffmann vor, mit ihm zusammen unter der Dusche, wie sie sich einseiften und abschrubbten und danach abtrockneten. Erst würde der Jochen ein bißchen zögern, aber sich dann gern in die Badetuchtoga hüllen lassen. Totnan rubbelte wie später der Frank Elstner, aber es war doch nur die eigene Haut, und am Jochen Hoffmann wärs viel schöner gewesen. Jochen Hoffmann hatte eine zarte braune Haut, er war der kleine Hadschi Halef Omar und Totnan Weber war Kara Ben Nemsi. Er schickte Gebete zum Himmel, bitte, lieber Gott, laß den Jochen Hoffmann auch Priester werden, dann könnten sie zusammen eine Pfarrei übernehmen und sich jeden Tag einseifen und abrubbeln.
Ungefähr mit 14 verliebte sich Totnan ein bißchen in den Kaplan Schweibert, er träumte, Kaplan Schweibert sei entführt worden, stecke in einer Kiste, und nur Totnan in seiner Nähe. Er konnte den Armen nicht retten, aber er war immer in der Nähe der verschlossenen Kiste, in der Kaplan Schweibert leise Lebenszeichen gab.

Mal in der Psychologie kramen, wie man so etwas bewertet.
Totnan Weber liebte eine *Kiste*.

Mit 16 durfte Totnan in die Pfarrsaaldisco.
Sonntagnachmittags ab 3, weil schon um 7 Uhr wieder saubergemacht wurde.
Das Dumme an der Sache: Nunun als Pfarrsaalhelferin war dafür verantwortlich, daß alles im Rahmen blieb, sie achtete vor allem darauf, daß keiner das Licht ausschaltete. Das war so streng verboten wie Matratzen in den Jugendräumen.
Am Eingang saß Nunun hinter einem Tisch, kassierte die 2 Mark 50 und drückte auf die Hand der Besucher einen Stempel: Katholisches Pfarramt St. Martin.
Da konnte nicht allzuviel Erotik dabei herauskommen.
Bei Dunkelheit wäre der Pfarrsaal erträglich gewesen, nur die bunten Lichter, die der Gruppenführer Michael blinken ließ, und sonst nichts.
Diese Lichter gaben allem ein Kribbeln, es fand eine richtige Wandlung statt, Totnan bekam eine

Aura, ging damit quer durch den Saal und kaufte sich eine Flasche Coca Cola. Jetzt fehlte nur noch die Zigarette, aber Rauchen und Alkohol waren sowieso verboten. Okay, in Ordnung, aber wenn Nunun die grellen Neonröhren in den quadratischen Deckenplatten anflackern ließ, erschien der ganze katholische Horror, die weißen Krankenhauswände, das große schwarze Kreuz mit dem Messingzombie, die ekelhaften weißen Tische, die typischen übereinanderzustapelnden Seminarstühle, die uringelben Vorhänge, erlöse uns von dem Übel.
Die Mädchen waren gar nicht so schlecht. Manche für einen Pfarrsaal sogar phänomenal.
Aber für diese Mädchen hatte Nunun nur einen Kommentar übrig: "Billig."
Doch je *billiger* eine war, desto mehr fühlte sich Totnan zu ihr hingezogen. Von einer *Billigen* träumte er sogar, das war die Kerstin Steigerwald aus dem Pfaffenmühlweg. Einen herzförmigen Kußmund hatte die, der setzte sich im Hirn fest wie ein Saugnapf.
Die Kerstin Steigerwald malte ihren Mund auch noch knallrot an, "direkt aufreizend", fand Nunun, "aufreizend und billig".
Auch ein tiefer Ausschnitt war aufreizend und billig, und die knackigen Popos in *Hotpants*

sowieso. Totnan Weber blieb nach zwei Sonntagen weg, eine Disco verliert schnell ihren Reiz, wenn die eigene Mutter den Lichtschalter bewacht.

Immerhin bekam er jetzt ein eigenes Zimmer. Trotzdem war er nie allein. Wenigstens 1 Schutzengel wich ihm nicht von der Seite, der himmlische Wächter ließ ihn keine Sekunde aus den Augen, wenn ihn nicht gar die 14 weißen Englein aus dem Abendgebet umschwärmten wie die Assistenzärzte, Schwestern und Studenten den Professor bei seiner Visite.
Auch war er nie sicher, ob sich ein verstorbener Verwandter zeitweise dazugesellte, die Verstorbenen bleiben uns nahe, das hörte er immer wieder.
Selbst wenn er sich in seinem Zimmer einschloß, wimmelte es von dienstbaren Geistern wie in der Kabine der Marxbrothers auf hoher See, wie sollte er da ein annähernd natürliches Leben führen, um Gottes willen!
Er konnte sich vor dem gerade gestorbenen Pfarrer Strobel, dem er jahrelang als Ministrant gedient hatte, doch nicht einfach so gehen

lassen. Oder vor der Schwester Gregoria. Die sagte oft: "Lieber will ich, daß du tot bist als besoffen."

War dies nicht ein viel stärkerer Rausch, den ihm die Schwester Gregoria nie verziehen hätte.

Totnan dachte an die Atombombe, um sich von dem Unaussprechlichen abzulenken, an Dornen und Disteln dachte er, an Leprakranke, an Pater Leppich, Lebendigbegrabensein, Konzentrationslager, Maria Goretti, Pickel, Pickel, Pickel, jeder unkeusche Gedanke erschien als Pickel im Gesicht, und Totnan hatte jeden Tag neue Pickel. Abhärten sollte er sich, den Körper stählen mit eiskalten Duschen, mit Liegestützen das Schwein rausschwitzen.

Aber überall flimmerte das Unaussprechliche, es war so nah und doch so weit weg, und weil es ganz weit weg war, kaum auszuhalten. Totnan knipste das Licht aus und zog die Decke bis zum Hals.

Der Adi traute sich, am Kiosk ein Heftchen zu kaufen, das hieß *Paradies*. So ein Heftchen hätte Totnan vielleicht übers Gröbste hinweggeholfen. Das nackte Paar im

Biologiebuch konnte ihn nicht zufriedenstellen, obwohl es sich sogar die Haut vom Leib gerissen hatte, um seine Muskeln und Sehnen zu zeigen, zuviel des Guten. Das, worauf es Totnan Weber ankam, steckte zwischen Kleidung und rohem Fleisch und war manchmal in den Fenstern des Rexkinos zu bestaunen. Aber die dazugehörenden Filme liefen ab 18, und es ging so langsam mit dem Älterwerden.

An Fasching wurde der Pfarrsaal geschmückt. Bunte Kreppapierstreifen wurden von der Wand bis zur Mitte gespannt, daß der Raum eine toll gebogene Kuppel bekam. Über der Bühne rote und grüne und blaue Lampions und mitten drin ein fetter Lampionmond. Das Halleluja wurde zum Helau. Und Totnan vor allen Leuten: "Hippi hippi japsassa!" Mit einer Inbrunst und Überzeugung, als hinge das ewige Leben davon ab: "Hippi hippi japsassa!"
Der Pfarrer wurde auf die Bühne geholt und dröhnte fröhlich: "Japsassa!"
Die Schwester Smaragda zierte sich, von ihrem Sitz aufzustehen, schon schleuderte Totnan das Lassokabel über die Köpfe, hielt ihr das

Mikrofon vor den Schleier und entlockte ein gezwungenes "Japsassa".
Im Überschwang seiner 17 Jahre knatterte er noch eine Büttenrede herunter, trat auf als Lumpensammler Thaddäus Schankbeißer, weil er das so geschicktblöd mit Bankscheißer verwechseln konnte. Totnan Thaddäus erzählte von seinen Streifzügen durch Damm, zog seine Errungenschaften aus dem großen Rucksack, von Herrn Elsässer eine verrostete Prothese, von Herrn Reis einen alten Feuerwehrhelm, noch als Nachttopf verwendbar, und von der Frau Bieber einen ausgeleierten Büstenhalter. Da lachte die Pfarrfamilie am meisten und ließ kreischend ein paar Tröpfchen in die Suspensorien.
Totnan, der King, Totnan, die Kanone.
Und Helga Morhard saß im Publikum mit glitzernden Augen und applaudierte. Die schönen Hände der schönen Helga Morhard klatschten für IHN! Und wenn er sagte: "Schunkelwalzer", dann schunkelte sie. Und wenn er "Hippihippi" grölte, schrie sie: "Japsassa!"
Aber am Aschermittwoch hatte sie ein Aschenkreuz auf der Stirn, und als er sie mit Schankbeißeraugen verschwörerisch anlächelte, schaute sie einfach weg.

Schankbeißeraugen verschwörerisch anlächelte, schaute sie einfach weg.

Mit Helga Morhard hatte er übrigens ein bemerkenswertes Konglomerat, mit 18 oder 19 oder 20, damals stand die Zeit still, jene Brackwasserjahre suchten noch ihren Geschmack.
Ein Glücksfall, daß im Schmerlenbacher Wald ein Baumstamm quer über den Weg lag. So hatte Totnan endlich einen Anlaß, Helga die Kavaliershand zu reichen und ihr über den Stamm zu helfen. Und nicht mehr loszulassen. Noch nie hatte Totnan ein Mädchen an der Hand geführt. Gut, Sabine natürlich, als sie ein *Frosch* war, aber dann nirgends und nie mehr.
Auf keinen Fall durfte sich das Schrebergartendebakel wiederholen, das historische Schrebergartendebakel, als er mit Bernadette am Main entlangspazierte und dann erschien die Muttergottes. Dumme Bildstörung ... mit Bernadette am Main entlangspazierte, den *einen* Gedanken im Kopf: Wann lege ich meinen Arm um sie rum.

Eine Stunde hinspaziert, am Schloß vorbei, am Pompejanum vorbei, am Garten der Paczesnys vorbei, unter der Ebertbrücke hindurch bis ans Ende der Welt und wieder zurück, immer langsamer, immer öfter stehengeblieben, und erst beim Öffnen der Beifahrertür klopfte er ihr dreimal auf den Buckel. Vergisses.

Sein Sodbrennen hätte ohnedies alles kaputtgemacht. Immer dieses erotische Sodbrennen. Mußte jede seiner Bemerkungen kommentieren.

"Schau, der Mond grinst im Halbschlaf", sagte er, und sein Sodbrennen brabbelte: "Blödmann."

Perfekter Bauchredner.

"Die Erde ist ein rundes Grab", protzte er melancholisch, und sein Sodbrennen brabbelte: "Blöde Blunze."

Und sein Sodbrennen hatte recht.

Und der Mond grinste wirklich.

Was Helga Morhards Mädchenhand alles auslösen konnte. Blut schoß ihm in den Kopf, seine Hand schwitzte, ausgerechnet die, mit der er Helga führte, und weil er fürchtete, sich mit

der schweißigen Hand zu blamieren, schwitzte sie noch mehr. Aber er ließ nicht los.
Helga erzählte, daß sie Orgelstunden nehme, und sie sprach Pachelbel englisch aus. Pätschelbel.
Was so eine Haut an Aufregung verkraften muß, wenn sie sich ganz nah an eine andere schmiegt. Da drehen die Poren durch. Da pumpt der Kreislauf alle Säfte an die eine Stelle. Da wird der Körper zum Chemiesaal, und in Totnans Hand brannte der Bunsenbrenner.
Helga sagte: "Ich hab mit autogenem Training angefangen."
Totnan dachte, sie erzählt von ihren Fahrstunden.
Helga sagte etwas von Kontemplation. Im Gottesdienst sei zu wenig Raum für Kontemplation. Totnan wußte nicht, was das bedeutet, aber er stimmte ihr zu. Jawoll, im Gottesdienst sei viel zu wenig Raum für Kontemplation.
"Aber wir könnten noch eine Schleife Richtung Schellenmühle gehn", schlug er vor, um den Bunsenbrenner am Leben zu halten.
Ihr genüge es, auf eine blühende Blume zu schauen oder in den Sonnenuntergang, sagte

Helga, da spüre sie die Einheit mit der Schöpfung.
Totnan war stolz, mit so einem feinfühligen Wesen spazierenzugehen.
"Oder nimm den Baum da", sagte Helga.
Totnan nahm ihn.
"Wie er so dasteht, groß und stark, und das Spinnennetz in seinem Ast, wenn du das richtig betrachtest, kriegst du eine Erleuchtung."
Erleuchtung, das hatte sie bestimmt beim Pater Willigis gehört, beim geistlichen Rüsttag in Münsterschwarzach, Zen und Christentum, der Pater Willigis machte die Jungfraun mit seinen japanischen Tricks ganz verrückt.

Protokoll: Helga Morhard

Die katholischen Säfte, in denen ich lange Zeit geschmort habe, mag ich als Dung für meine Arbeit alsemal gut dosiert herauslassen.
Doppelpunkt.
Zur Zeit meines Zivilen Dienstes hab ich so ein christliches Mädchen sehr sehr verehrt. Da mußt ich vom Orgelbock herunter die Bankreihen überprüfen, ob sie denn da war, vorne links

hatte sie mit zwei, drei ihrer Mädchengruppe fast einen Stammplatz. Und obwohl sie doch nur von hinten und weit weg zu betrachten war, mußte ich immer wieder (sogar während des Spielens, sogar während der Wandlung!) zu ihr hinschauen, so schön war sie.
Das waren auch die letzten Male, daß ich mich an der Kommunion beteiligte und es so einfädelte und abzirkelte, daß ich gerade dann nach vorne kam, wenn sie mit dem Allerheiligsten im Mund von der Kommunionbank weg an mir vorüberwandelte. Das gab eine heiße Haut und eine selig verschnürte Lunge.
Ich hab dann erfahren, daß sie mit ihrem Freund, einem Nilkheimer Sittenstrolch (katholische Mädchen fallen beim ersten Mal oft auf einen solchen Betrüger herein), daß sie also mit diesem Freund warumauchimmer wasweißich woraufsalleinankam: Schluß gemacht hatte.
Da hat sich der Herr Weber daran erinnert, daß er im wehrpflichtigen und das heißt ja auch angriffspflichtigen Jahr sich befand, und hat sie nach der Kirche vor der Kirche (was eigentlich nur einem mystischen Zeitgleiter möglich), hat sie also nach der Kirche vor der Kirche

angesprochen, ein bißchen über die Schule getändelt (ach Gott, sie war 17) (reizvoller Liedtitel), hin und her halt, ich hab meine Rettungssanitäteraura ein bißchen leuchten lassen, bei den Malteser-Machos gelernt, und sie schließlich im Zuge eines Frontalangriffs zum Schoppen geladen.
Und sie hat zugesagt!
Also erstes Einzelgespräch mit viel nervöses Puls und Blutklopf.
Was lieste denn so, was spielste denn so, was war denn mit dem Nilkheimer, warum trinkste bloß nur Wasser?
Sie war von Hesse begeistert, da hab ich alles von ihr ausgeliehen UND GELESEN, um ihre Seele kennenzulernen.
Das Pianoforte traktierte sie höheretöchtermäßig, und wir schafften es nie, die vierhändige Petersburger Schlittenfahrt fehlerfrei zu absolvieren. Naja, ich hätte auch sturdebil mit Hölzchen auf einen Kochtopf gehauen, wenn sie nur neben mir gesessen hätte. So nach und nach erfuhr ich, daß ihr Nilkheimer Stecher ihr gerade durch diese kirchenfeindliche Triebhaftigkeit eine Psychosomatik eingepflanzt hatte und sie oft cozzen mußte. Was man heut auch als Bulimie talkt und problematisiert. Das

ging auf der Richterskala so weit, daß selbst Berührungen sie in Nilkheimer Animalstrukturen zurückversetzten und flugs Hysterien auslösten derart, daß sie Abstand gewinnen mußte, und ich ein kameradschaftliches Verhältnis erst mal blieb, denn man darf sich nicht wegwerfen und alles hat seine Zeit.

Die Zeit heilt und - so tröstete ich mich - eilt auch, also werden die himmlischen Gefilde überwunden und die Pforten der Hölle mir endlich offenstehn. Los jetzt, dachte ich nach zwo Jahren Gebet und Opfer.

Die gute Stehlampe schleuderte gemütliche Scheine in mein Zimmer, verstärkt durch drei Kerzen auf Bocksbeutelhälsen und eine rote Norwegerleuchtkerze auf dem damals so genannten Bücherbord. Zu Salzstengelchen hatte ich einen Chateauneuf du Pape importiert und auch noch einen in petto. Der Alk würde den christlichmoralischen Überbau ausradieren im Nu. Zur Sicherheit noch einen Soundsamt über alles gelegt, die vielversprechende und singende Barbara: Ma plü bell isto-ar damur se wuuuuuuh!

Ich muß mal die Platte raussuchen und abspielen, um mich besser zu erinnern.

Genau.

Ganz genau so sah sie aus, die Reliquie.
DM 10,- unverb. Preisempf.
Lilablaßblau. Eine Farbe so blöd wie das Wort.
Aber die Musik. Exakt richtig für ein christliches Begräbnis. Wenn ich die Platte allein hörte, zog es mir schon vor Sehnsucht die Vorsteherdrüse zusammen. Und ich hab sie oft allein gehört, bis ich mich entschloß, sie als Wunderwaffe gegen die Amtskirche einzusetzen.
Face 1, so überirdisch, wenn der gesegnete Monsieur Baselli sein Accordeon klappern und flüstern ließ und Mössjö Michel Gaudry seinen Baß zupfte. Ein paar Geiger beim se wuuuh und ab der zweiten Strophe ein Engel am Klavier. Und Barbaras Stimme, die eine verruchte Keuschheit zart ins Zimmer sprühte.
Le bel age.
Helga war impressioniert.
Sie verlangte nach der Plattenhülle und setzte sich neben die Dualbox.
Der Herr Weber hinterher, äugte über die Schulter an den langen Haaren vorbei und täuschte in betrügerischer Weise Interesse vor, Interesse an der Reihenfolge der Lieder (die wußte er auswendig) und an der Besetzung der jeweiligen Combination. Las immer wieder Avec Joss Baselli, accordeon, Michel Gaudry, basse.

Gueule de nuit, die gute Eule der Nacht hieß das wohl, und Helga mußte lachen über meinen E-Sprit.

Madame, dieses Lied war eine Lichterprozession, und wenn ich den Kopf schiefhielt, war die Leuchtkerze ein Heiligenschein um Helgas Haar. Ich saß nun hinter ihr, auf den rechten Arm und Unterschenkel gestützt, mein linkes Bein bildete ein rechtwinkliges Dreieck zur Hypotenuse des schwarzen Teppichs, den ich mal von der taubstummen Klara geschenkt bekommen hab. Selbige hatte nie was mit einem Maskulinum zu tun gehabt, insofern war ihr Teppich kein animierender Bundesgenosse gegen die römische Glaubens- und Sittenkongregation. Ich spürte in allen Schwingen, wie er mich herunterzog.

Ein Wunder, daß es meine freie Linke trotzdem schaffte, Helgas Schulter zu berühren und ihr Haar ein bißchen auf die Seite zu drücken, als störte es beim Lesen. Sogar meine Nase kam näher heran, so nah wie noch nie, schnüffelte sich einen Rausch.

Abiturientinnenhaare!

Madame, der kleine Finger, plötzlich finger an, Helgas Hals und Schlüsselbein zu kraulen. Parbleu!

Die anderen Finger unterstützten und kraulten im Takt der Musik, kraulten mit kleinen lokalen und rhythmischen Variationen, mit Variationen kraulten sie über Haut und Flaum und Ohrlabyrinth.
Ich rückte sogar noch näher ran, daß ihr Rücken an meine Brust sich drücken und mein Knie als Seitenlehne dienen konnte. Meine Stirn sank zaghaft auf Helgas Wirbel und brütete. Dieweil die Linke meine Gedanken synchronisierte.
Wenn nur Sabine jetzt nicht in die Kammermusik stürmte. Oder ein blöder Todesfall. Los, Totnan, Autobahn Rohrbrunn, Polizeileiche, einsargen.
Mensch, Weberdepp, schalte deinen Schwelles aus. Jetzt nur kein Wort jetzt, nur die Hand gleiten lassen über den Hals, die Schulter, den Arm hinab, als käm da eine Talstation mit neuen Anweisungen.
La vie d'artiste.
Vielleicht mal ins Ohrwatschel die Zähne schlagen als Vorspiel.
Warum fängt plötzlich mein linkes Bein an zu zittern? Es schlottert und schlackert richtig. Mein rechter Arm genauso. Der schlottert und schlackert, der Simpel. Daß ich meine Muskeln spanne, um den Bibberanfall zu kontrollieren, verdoppelt nur die Amplitude. Krieg ich

Stromstöße durch den Leib telegraphiert und versteh die Botschaft nicht? Bin ich ein geblitzter Faradayischer Käfig oder ein Zitteraal, he? Liegt auf dem Teppich ein Fluch? Die denkt, ich hab einen Anfall. Erbkrankheit, marode Gene, Muskelschwund. Aber die lehnt sich nur an, liegt friedlich in meiner Bucht, als würde sie sich sonnen.

Chaque fois, das letzte Lied auf der Seite, und der Herr Weber ist ein galvanischer Frosch.

Als die Nadel abgehoben und der Lautsprecher seinen letzten Knacks von sich gegeben hat, springt der Herr entschlossen auf und sagt: "Ich dreh mal um." Und: "Willste noch was trinken?"

Die Dame spricht die bekannten drei Worte: "Schon so spät?!"

Grapscht nach ihrem Täschchen, um sich zusammenzuraffen.

Dabei hat der Herr gerade wieder den Start-Knopp gedrückt.

Fast überstürzt verabschiedet sich die Dame.

Der Herr stellt zusammenhanglos die beiden Gläser auf die andere Seite des Tisches, die Dame sagt noch was, dem Herrn fällt nichts Geistreiches ein.

Also, die Dame geht dann, nein, er fährt sie natürlich schnell heim.
Im verlassenen Zimmer leis und fremd und filmreif singt Barbara die zweite Seite: Le mal le mal de vivre...
Als ich Helga heimbrachte und sie vor ihrem Gartentörchen noch eine Weile im Auto sitzen hatte, sah sie im Dunkeln noch entrückter aus, ihr Profil vom Straßenlampenmond beschienen, für gewisse ruppige Versuche wärs zu hell gewesen, ich hab ja bei all meinen Heimbegleitungen und unschlüssigen Verabschiedungen immer den Vater oder die Mutter, jawohl, meines begehrten Weibes Vater, Mutter, Oma und Opa hinter dem Vorhang gesehen, fühlte meinen Desastertrieb von neugierigen, bös geifernden Gesichtern beobachtet, hab immer gedacht, wenn ich ein Mädchen heimbringe, steht die ganze Sippe im Dunkeln hinter dem Fenster, um den künftigen Schwiegersohn zu begutachten. Sowas lähmt ein bißchen.
Ich saß also im Auto, gar nicht unromantisch die leere Seestraße, es schlich eine Katz drüber, hüpfte und schlüpfte durch ein Mäuerchen, vielleicht sogar untermalt vom Schlagen der Turmuhr, und ich versuchte verzweifelt, Helga

klarzumachen, daß mir ein bisserl was fehle, daß ich ja soo Verständnis hab für ihre seelische Grausamkeit, und hätts doch auch zwoo Jahr schon bewiesen, aber jetzt wär doch, ich wolle und erwarte keine Belohnung, aber sie habe vielleicht auch was davon, und es wär auch ganz normal, also ich verlang ja nichts Übersinnliches, ich wollte nur...

Irgendwie kam meine klare Argumentations, äh, mein Bittgesuch kam eben nicht so ganz rüber, und da hab ich, hab ich angefangen zu HEULEN und bin in meinem Sitz theatralisch armselig zusammengesunken, daß sie doch SEHEN mußte, ich brauchte dringend therapeutische BeHANDlung, bin doch auch nur ein schwacher erlösungsbedürftiger Katholik.

Helga starrte BETROFFEN an die Windschutzscheibe, starrte mit ihren großen Augen und sagte mit ihrem unerreichbaren Mund die unerreichbaren Worte: "Ich werd für dich beten."

Sprachs und schlug die Tür von außen zu.

DREI

Der dicke Totnan wichste seine schwarzen Schuhe, um für den Friedhof gerüstet zu sein. Richtig doof, diese Beerdigungen. Richtig doof, wenn die Särge so dastehen. Fast jeden Tag an der Orgel gesessen, tausend blöde Särge beorgelt, Trauermarsch, *Bist du bei mir, geh ich mit Freuden* und *Herzilein, du mußt nicht traurig sein.* Die ewigen Beileidsgäste in der ewigen Schlange, wenn sie im Weihwasser rühren, wenn sie den Sarg besprengen, Elefanten, die ihren Rüssel über den Graben schwenken.

Ganz schön abgeschrammt, der Weihwasserständer. Hat ihn mitgenommen, jeden Tag vor einen Sarg gezerrt zu werden. Und dauernd betröpfelt. Und die Pfarrer. Und die Vereinsredner. Und diese Musik. Und die *Leidtragenden* keuchen und stöhnen, als würde ein Pornofilm gedreht. Eine bellt synkopisch ins Feierabendlied. Die Arbeitskollegen haben sich schnell etwas Passendes gesucht, schwarze Schuhe natürlich, rote Socken, dunkelblaue Hose, braune Jacke, und die Haare mit Brisk nach hinten gekämmt. Tausend Vereinsredner, die ins Mikrofon blasen, bevor sie ihrer Bestürzung Ausdruck verleihen und als letzten Gruß und äußeres Zeichen ein Blumengebinde niederlegen. Die große Anteilnahme an der Beisetzung des geschätzten Kollegen sei ein Beweis für die große Anteilnahme.

Einmal wurde sogar ein Motor beerdigt, der Motor der Freien Wählergemeinschaft von Kleinostheim.

"Auch die Postgewerkschaft nimmt Abschied von seinem Kollegen."

Oder so tiefgründige Geheimnisse: "Er war 48 Jahre beim KDL, dem heutigen VRW."

Geisterstimmen aus Totnans Hirn.

Die Gratulanten drängen sich um die Beileidsliste wie hungrige Vögel ums Futterhäuschen. Harte Gesichter, als würde beim Eintritt ins Leichenhaus die Haut mit Gips ausgegossen. Erst schreiben sie ihren Namen in die Liste, dann gehen sie vor zu den Angehörigen. "Zizibeled. Zizibeled. Zizibeled."

Nicht einmal richtige Kerzen gibt es mehr. Überall schaffen sie diese Kerzenattrappen an, in die nur noch Gasdosen gesteckt werden. *Ewigbrenner*. Hochstapler! Erst werfen sie Flammen wie der Esso-Schlot von Ingolstadt, dann geben sie mitten in der Feier ihren Geist auf. Die Webers können froh sein, im Altstadtfriedhof ein Familiengrab zu haben. Die Zugezogenen müssen in den Strietwald. Nordfriedhof heißt das. Der Ascheberger Schindanger. Eine geometrisch angelegte Gräbersiedlung, in der Schiffchenversenken gespielt wird. Und dem Leichenhaus gegenüber reihert ein grauer Brunnen ins rechteckige Becken.

Der Dämmer Friedhof wirkt im alten Teil wie ein italienischer, die vielen Lebensbäume und die weißen Figuren auf den Grabsteinen. Jede Menge Engel, als hätte sich ein Schwarm Zugvögel zur Rast niedergelassen. Weinende Engel, tröstende Engel, zum Himmel zeigende Engel, Engel mit Kreuz, Engel mit Lilien, Engel mit Palmwedel, den Kelch des Leidens reichende Engel zwischen Trauerbirken, Blautannen und Kiefern.

An den Containern mit ausgebleichten Blumen, leergebrannten Öllichtern und vergilbten

Kranzschleifen vorbei fliegt eine Amsel aufs Grab der Irene Welsch, zuckt mit den Flügeln, steckt Schwanz und Schnabel hoch und hackt wie im Wutanfall ins Erdreich, um einen dicken weißen Engerling ans Tageslicht zu befördern. Die Amsel kämpft mit dem Wurm, denn in Friedhöfen werden die Würmer besonders stark. Und die Vögel zwitschern am kräftigsten. In den Ästen werden Junge gefüttert, es quisselt und quasselt und witschewitscht.

Im Dämmer Leichenhaus war eine Liste mit vier herzlichen Anteilnahmen liegengeblieben. Niemand wußte mehr, zu welcher Beerdigung sie gehört hatte. Die Liste wird nun langsam verdrecken. Staub zum Staube. Aber die Namen sollen im Buch der Toten geschrieben sein.
Amalie Englert
Rudolf Wiener
Josefine Tauberer
Maria Fuchs

Der Altstadtfriedhof war Aschebergs schönster. Er barg viele Geheimnisse. Totentänze auf drehbaren Säulen, verschlossene Türen, Sandsteine mit verwitterter Schrift, Grabmäler wie gotische Kapellen, Hundeköpfe, Schachpferdchen, Segelschiffe und Musiker und Sänger. Es war viel Variete geboten für den Commerzienrat, den Hofbibliothekar, die Königliche Expeditorswitwe in der Loge, für den Kammerdiener, den Veterinärdirektor und den Privatier auf den billigen Plätzen, die man hinter Eiben und Laternenhäuschen kaum fand. Es gab Grabsteine wie Notenblätter, Feuerschalen und nach unten gestülpte Fackeln, Säulen, die Kugeln balancierten und auf der Spitze stehende Würfel, um Jongleure zu ehren, Gastwirte und Bierbraumeister. Wappen gabs und Denkmäler wie Ben-Hur-Kulissen.
Und wenn sich der Vorhang aus Efeuranken öffnete, erschienen verwunschene Frauen und nur mit Schleiern bekleidete leichte Mädchen aus Stein so echt wie das Leben.
Der Altstadtfriedhof war eine große Zirkusvorstellung, die uniformierten Lakaien, die Schützen und Obergefreiten lagen schneidig in einer Reihe.

Die vielen Pfarrer drumherum hatten sogar den Unbekannten Soldaten getauft, ihm gleich einen Doppelnamen gegeben und auf den Stein geschrieben. Der Unbekannte Soldat hieß März-April.
Tauben flogen auf den Turm des Leichenhauses, in dem ein neuer Schaffner seine Schaffnermaße auf einen Zettel notierte. Kabbe 57, Hemt 41, Schuh 42. Gebhard Brand.

Für einen Schaffner gäbe es keinen poetischeren Grabspruch.
Und keine anderen Daten dürften auf seinem Gedenkstein stehen.

Gebhard Brand
Kabbe 57
Hemt 41
Schuh 42

"Schau mal, der Leierkastenmann", sagte der Matzeschaffner. "Haste die Kurbel dabei?"
Standardbegrüßung auf dem Altstadtfriedhof.

So stellte sich Totnan seinen Empfang in der ewigen Seligkeit vor. Da mußte ein Schaffner am Eingang stehen und strahlend rufen: "Ah, der Leierkastenmann! Haste deine Kurbel dabei?"

Müssen die so einen Krach machen?
Totengräber sind Kindsköpfe.
"Scht! Seid doch leis!" zischte es am lautesten.
Kunkels Stimme. Alles im Griff. 45 Jahre bei den Schaffnern, eigentlich erst 40, aber die 5 Jahre Militärzeit wurden mitgerechnet. Zulieferungsbranche.
"Was ich da erlebt hab, Bücher könnt ich schreiben. Wir mußten ja früher alles noch selber abholen. Ich hab sie aus dem Wasser geholt, vom Baum abgeschnitten, einen sogar aus dem Puhlloch gefischt, ah!"
Er schnitt eine Grimasse und ließ sie kurz auf seinem Gesicht stehen.
"Aus dem Apollohaus haben wir einen geholt, da ist schon die Brühe geflossen. Das Sofa konnte man wegwerfen."
Schaffner Kunkel ließ seine Schilderung wirken.

"Aber den kannste mir auf den Tisch legen, da eß ich weiter."
Vor Begeisterung schob er noch eine Strophe nach: "Schwarzes Gesicht, grüne Arme, alles grün. Da eß ich weiter."
Schaffner Matze tauschte mit Kollegen Bopp Albernheiten aus, wobei sie dauernd prusteten, bis Kunkel beide Arme in die Höhe riß, dabei in die Luft sprang, mit beiden Füßen aufstampfte, seinen Mund mißbilligend auseinanderzog, daß die Augen ganz klein wurden.
"Scht!" rief er. "Seid doch leis!"
Zur Bekräftigung stampfte er noch einmal auf und verschwand im Führerbunker. Dort zog er unter seiner schwarzen Schildkappe Zigaretten hervor und klopfte eine Overstolz aus dem roten Päckchen.
"Die stärksten Zigaretten, stärker als Rothändle und stärker als Reval. Die sind nämlich unparfümiert. Wenn die nicht mehr schmecken, is es aus."
Auf dem Schreibtisch lagen grüne Karteikarten und eine Klarinette, nein, eine schwarze Steckvase. Daneben Türmchen aus Zehnpfennigstücken.
"Wenn der Bierkerl kommt, is er froh. Bier, Limo, hab ich alles unter mir."

Auf dem Aral-Kalender hatte der Kunkelschaffner alle vergangenen Tage ausgekreuzt. Ausgekringelt hatte er sie, mit kreuzförmig aufeinanderliegenden Achtern, als sei der Tag mit einer Schleife versehen und irgendwohin geschickt worden.
Kunkel legte seine brennende Overstolz aufs Fensterbrett und hängte einen Schlüssel in den Schrank. Daneben hingen verschiedene Rosenkränze und Krawatten. Es kam nämlich vor, daß den Angehörigen erst im Leichenhaus einfiel, ihrem lieben Opa doch eine Krawatte umzubinden oder der Mama den Rosenkranz in die Hände zu schlingen.
"Ich bin jetzt 45 Jahre im Dienst", sagte Kunkel, "ich weiß, was da abläuft, ich bin auf alles vorbereitet."
"Das kannste mir glauben", fing er noch einmal an und versetzte Totnan einen Stoß. "45 Jahre im Dienst", rief er pathetisch, schnickte seinen Kopf nach hinten und zog eine schmerzensreiche Grimasse.
"Der Schlüssel vom Beschaugang kommt da her. Solang ich da bin, kommt der schon da her."
Auf dem Fensterbrett brannte die Zigarette eine weitere gleichgültige Kerbe ins Holz.

Das Lehrmädchen vom *Ewigen Frühling* trug ein Bukett mit gelben Nelken und Farnkraut herein.
"Wo soll ichs hintun?"
"Ja, die Andrea", freute sich Matze. "Warst schon lang nicht mehr da."
"Ich hab keine Sehnsucht."
"Aber wir haben Sehnsucht nach dir, du Wuschelkopf."
"Tschüß."
"Alte Friedhofshex."

Wenn das Bukett auf den Sarg gesetzt wurde, war Kunkel zur Stelle.
"Mach ich nur mit Augenmaß", sagte er. Da dürfe nicht gezögert werden, denn "wenns klebt, dann klebts". Schau, er hielt es genau über die Mitte, Blick nach rechts, Blick nach links, er ließ es fallen, zack, fertig aus.
Eine Schramme im Holz machte der braune Filzstift wett, und mit einem Putzlappen wurde der Sarg abgerieben.
"Wenn die Sonne draufscheint, sieht man den Staub, da kann man SAU draufschreiben."
Zackig winkte er ab.

"Da haben die schon alle gestaunt, von der Gärtnerei, der Pietät Graf persönlich, also noch der alte Graf hat immer gesagt, der Kunkel hats im Griff. Und ich habs im Griff. Guck: Zack, fertig aus."
"Großartig", sagte Matze.
"Fantastisch", sagte Kaul.
"Bravo", klatschte Bopp.
Luftsprung, Armfuchteln, Fußstampfen, Gesichtskrampf: "Scht!"

Matze war derjenige, der im Old-Daddy-Saloon auf der Bühne gebadet wurde und durfte dabei ein nacktes Mädchen waschen. In dieser Nacht war Matze etwas begickelt, kannst aber auch sagen, er wußte nicht mehr, was mit ihm geschah. Kunkel und Bopp amüsierten sich wie die Zuhälter, als Matze nach oben gezerrt wurde, und das Mädchen ihm die Kleider auszog. Er tapste herum wie ein besoffener Bademeister, und sein Schwänzchen zeigte nicht die leichteste Regung. Kunkel schnitt eine Grimasse, und Bopp verschluckte sich.
Die Nackte zog Matze in die Plastikwanne, und er mußte ihr mit einem großen Schwamm den

Schaum über die Haut reiben. Auch die anderen Gäste japsten und prusteten und grölten wie bei einem Boxkampf.
"Geh doch ran!"
"Zeig, was du kannst!"
"Tiefer!"
Was neues Japsen und Grölen hervorrief.
Matze mußte inzwischen die Nackte frottieren, bis der Lautsprecher befahl: "Nun überprüfe, ob sie überall gut riecht!"
Die Zirkusartistin reckte graziös ihre Arme und drehte sich langsam, doch Matze fühlte sich wie der zusammensinkende Schaum. Da nahm sie seinen Kopf in die Hände und drückte ihn mit festem Griff gegen ihren buschigen Bauch. Das Publikum quietschte, der Vorhang fiel.

Bopp war erst seit einem Jahr im Männerorden der hochwürdigen Schaffner. Die schwere Arbeit nicht gewohnt, riß ihm ein Muskel im Oberarm. Wenn Bopp den Sargwagen zog, nickte er wie ein alter Droschkengaul.
Er sprach fast nie ein Wort, sondern biß mit seinen beiden Hasenzähnen die Unterlippe fest

und guckte mit weißblonden Wimpern verständnislos in die Gegend.
Vor dem Kabinenspiegel bleckte er die Zähne. Riß den Kiefer auseinander und begutachtete seine Zunge.
"Wird dir nicht schlecht?" fragte ihn Matze.
Bopp ließ sich nicht beirren, strich über seine Bartstoppeln, daß es knisterte, und drückte auf seine struppigen Augenbrauen.
In jedem Leichenhaus hing ein Spiegel. Nicht für den Pfarrer, der davor sein Birett richtete und den Chorrock gerade zog, sondern für den Schaffner Bopp, der verschiedene Schnuten formte.
"Wird dir nicht schlecht?" fragte Matze noch einmal, aber Bopp lachte wie ein Kind, das eine große Tat gewirkt hat.

Kaul war fürs Krematorium zuständig. Ein hagerer Patron, graues Gesicht, Stoppelbart, die Uniform schlotterte. Als ihn Totnan begrüßte, kriegte er von Kaul die Hand gequetscht und den Oberarm blau geboxt. So zeigte der gute Schaffner seine Herzlichkeit.

Er werkelte unter dem Ofen, schaufelte Asche in die Urne und warf ein künstliches Gelenk in die dafür vorgesehene Kiste mit Schrauben, Hüftpfannen, Knochenschienen und sonstigen Ersatzteilen, die nicht brennen. Ossi schrieb eine Adresse auf das Päckchen, das Kaul mit einem Aufkleber versah: *Nicht werfen! URNE*
"Da sind die Kalorien raus", sagte er, als er den Deckel verschloß und den Namen verglich. "Wie heißt der? Bräutigam? Komischer Name."
Im Fernsehen habe er auch einen komischen Namen gehört. Bärenköter.
"So möcht ich nicht heißen", sagte er.
"Bärenköter?"
"Ja, Bärenköter."
In seiner Schulklasse habe es ebenfalls einen komischen Namen gegeben, Worscht oder so ähnlich, aus Schaafheim sei er gewesen, die hätten dort lauter seltsame Namen, nein, Sauerkraut habe er geheißen, Sauerkraut. "Was hat sich der geschämt." Dann ließ er sich über seinen Schwager aus, der daheim ausgezogen sei.
"Gabelt ein junges Ding auf und läßt sich scheiden. In Hösbach gehört das zum guten Ton."

"Machst du heut noch den Kneisel fertig?" fragte Ossi.
"Is die rote Karte schon da?"
"Nein."
"Ohne rote Karte schieb ich ihn nicht rein. In Oldenburg war einer mit Herzschrittmacher, da is die Wand vom Ofen rausgeflogen und der ganze Dreck."
"Ich geh nachher gleich auf die Stadt und hol die Bestätigung. Du kannst ihn schon reinschieben."
"Da kann der Bundeskanzler kommen, ohne rote Karte schieb ich ihn nicht rein."
Kauls hagere Hand fuhr unter den Hemdkragen und kratzte die Schulter.
"Ich wär schön mit der Zeit hingekommen, jetzt hab ich so einen Verrecker, der brennt ewig."
Die alten Leute würden am schlechtesten verbrennen, sagte er. Die seien abgemagert, mit Tabletten vollgepumpt, pure Chemie. Letztens hätte er einem zwei Stunden die Flamme draufgehalten, bis der durch den Rost sei.
"Daß da die Hände abgefallen wären oder die Beine, nix, der hat dagelegen und sich richtig wohlgefühlt."
Ossi: "Wahrscheinlich hat er sein Leben lang gefroren."

"Ich kenn ihn nicht. Wenn ihn der liebe Gott nicht besser kennt..."
Kaul rülpste ein Heylandsbier nach oben.
"Ich hab noch Ohrringe für dich."
Im Büro überreichte er Ossi ein gefülltes Kuvert, auf dem stand: *Weber geben*.
Hier oben war es voller Leben. Auf dem Gang ging es zu wie auf einem Rangierbahnhof. Kein Wunder, die Trauerfeiern liefen im 30-Minuten-Takt, Särge und Kranzwagen wurden hinaus- und hereingeschoben, Blumenschalen und Kränze rein und raus, auf die Leitzettel aufgepaßt, sonst hing das Stille Gedenken von Ellen, Hans und Christoph in der falschen Feier, Weihwasserständer nicht vergessen, aber bei Evangelischen schleunigst weg damit, die reagieren allergisch. Matze schob einen offenen Sarg aus der Kühlzelle, der Kopf des Toten wackelte, er konnte es wohl immer noch nicht fassen, Matze zog das bunt gehäkelte Kissen unter dem Totenkopf hervor und hielt es wie ein verwelktes Bukett.
"Was soll das Kissen?" fragte er.
"Sicher sein Lieblingskissen", sagte Kaul, "hat uns die Frau mitgegeben, legs wieder rein."
Matze fetzte es der Leiche auf den Bauch und *machte zu*. Seine Faustschläge höhlerten dumpf

auf dem Deckel, bis er genau paßte und die Schrauben reingedreht werden konnten. In einem Tempo, daß die Griffe klapperten, schob er die gefüllte Praline um die Kurve.
"Jetzt gehts auf den Nürburgring", sagte er und lachte matzemäßig.
Sein Lachen klang: "Ch, ch, ch, ch, ch, ch, ch."
Bopp wickelte die Seile auf.
"Einmal Quetsche", wickel wickel wickel, "zweimal Quetsche."
Der Graf junior suchte Klebstoff. In der Hand ein flaches goldenes E, von der Kranzschleife abgegangen, jetzt stand nur noch drauf: rika und Sohn.
"Nimm den Mundkleber", sagte Kaul.
Der Pietätprofessor hatte alles im Griff. Sein blaues Schaffhemd war über eine Lorbeerkugel zum Trocknen ausgebreitet.
Im Aussegnungstempel, einem Würfel aus karmesinroten Backsteinen, klapperten die Kranzstützen, überlaut hallte das Mikrofon: "Eins, eins, eins." Schnell noch die abgebrochenen Blüten weggekehrt, Beileidsliste ausgetauscht, fertig.
Auf den Parkplatz surrte ein Mofa wunderbarerweise mit einer Nonne hinter einer

riesigen Plastikwindschutzscheibe. Bei dem Karacho würds ihr sonst den Schleier vom Kopf reißen.

"Wo ist der Pfarrer Lämmerhirt?" rief die Ehrwürdige, aber niemand fühlte sich angesprochen. Aus dem Sarglager dröhnte ebenfalls eine aufgeregte Stimme: "Wer hat die vielen Kindersärge bestellt, die werden doch gelb!"

Ein hilfloser Mann in Trauermontur kam ausgerechnet auf Totnan zu.

"Wann kann ich meine Rede halten?" fragte er.

Totnan schaltete den Kaulschaffner ein.

"Sie wollen reden?" fragte der.

"Ja, ich bin vom Stadtverband für Leibesübungen."

"Wenn der Pfarrer fertig ist, kriegen Sie ein Zeichen."

"Kann ich erwähnen, daß ihr die Kleiderkammer vom Roten Kreuz unterstand?"

"Solang Sie mich nicht erwähnen, können Sie alles sagen."

Schon stand ein anderer Mann in Trauermontur herum und fragte frech: "Kann man die Tote besichtigen?"

Kaul kategorisch: "Der Sarg is zu."

Ossi erklärte freundlich: "Der wird nur geöffnet, wenn es die Angehörigen wünschen." Trauermontur ab.
Kaul sagte: "Den kenn ich, der is vom Hefner-Alteneck. Da brauchste keine großen Worte machen. Da heißts: Der Sarg is zu oder Hau ab, was anderes verstehn die nicht."
Aber die vom Hefner-Alteneck hatten rassige Töchter.
"Die können nicht mal das Vaterunser", sagte Kaul.
"Da mußt dus ihnen vorbeten", sagte Ossi.
"Vater unser, Hosen runter, Arsch ins Bett und zugedeckt."
Totnan Weber beschloß, das elterliche Erbe und Gewerbe treu weiterzuführen bis zu seinem seligen Ruin.

Protokoll: Cafe Waldfriedhof

Das Cafe Waldfriedhof sieht zwar von außen fast aus wie eine Baracke, aber innen, innen ist es nicht mehr von dieser Welt. Durch den braunen Vorhang wirken Krematorium und Schornstein draußen weit weit entrückt.

Die Chefin zapft feierlich Oechsnerbier aus dem silbernen Tabernakel, auf dem ein Gläschen mit Zahnstochern steht, daneben ein Kugelkaktus, ein Becher mit Eis und Sahne aus Plastik, und oben in der Plastiksahne steckt ein schwarz-rotgoldenes Fähnchen.

Über der Theke und auf dem Sims die ganze Wand entlang glänzen vom Fußballfreizeitclub Eisenbahn fast hundert Pokale wie Urnen von Athleten. Im Cafe Waldfriedhof ist jeden Tag Requiem. Und am Heiligen Abend, genauer gesagt am Heiligen Mittag, ist es ein Hochamt.

Da spielen die blauen Männer vom Gloria-Transport Karten.

"O Heiland der Welt", jammern sie, wenn einer falsch schmiert.

Und sie fragen: "Was gibts heut für en Stammessen?"

"Rindsroulade", antwortet die Priesterin.

"Ja, nehmen wir", sagen sie, und die Priesterin notiert: "Viermal Rollmops, jawoll."

Eine ausgemergelte Familie feiert Opas Geburtstag, sie bestellen laufend Mariacron, die Kinder kriegen Eierlikör und rennen zwischen Tisch und Toilette übermütig hin und her. Das Mädchen steckt in einer gelbschwarz gestreiften

Hose und sieht aus wie die Biene Maja. Sie verklebt sich mit einem Schokoprinz.
Die beiden Buben heißen Marko und Heiko.
Plötzlich sitzen alle drei auf den Hockern an der Theke und jauchzen, dann rennen sie wie ferngesteuert in den Keller aufs Klo. Dort jauchzen sie auch.
Seltsamerweise haben die dürren Eltern und der dürre Opa Trainingsanzüge an, die die Knochen gerade so zusammenhalten. Als die Kinder wieder hochkommen, fragt der Papa launig: "Wart ihr auf dem Friedhof und habt geguckt, ob das Loch schon fertig ist?"
"Nein."
"Gut, dann kann ich ja noch bleiben."
Und er animiert den abwehrenden Opa: "Wir feiern deinen Geburtstag, bestell noch was!"
Der Opa möchte heim, aber es gibt erst noch eine Runde Mariacron.
"Ich glaub, so haben wir deinen Geburtstag noch nie gefeiert."
Heiko und Marko wieder gillernd aufs Klo.
Die Biene Maja läßt sich noch einen Schokoprinz geben. Auf ihrem Sweatshirt hat sie den Aufdruck: That's My Life.

Aus dem Radio Akkordeonmusik und ein Lied über irgendwas in den Bergen, wie schön es dort sei. Zweistimmige Jodler.

Der Opa ruft die Bedienung zum Bezahlen, aber der Papa hält sie davon ab.

"Wir machen erst mal seinen Geburtstag schön. Sein Geburtstag wird erst mal schön gefeiert. Mach noch ne Runde."

"Nein, wir wollen endlich heim", wehrt sich das Geburtstagskind.

"Eine Runde Doppelte. Erst wird mal schön gefeiert."

Ein Mann vom Gloria-Transport schreit: "Schelle! Schelle! Schelle! Schelle! Schelle!" und schlägt dabei jedesmal mit der Faust auf den Tisch.

Kreischendes Lachen einer Trauergesellschaft aus dem Nebenraum, den eine Schiebetür und ein farbiges Glasfenster vom Hauptraum trennt. Das bunte Glas erinnert an ein Kirchenfenster, und in der Mitte, wo dort eine Heiligenfigur erscheint, erstrahlt hier die grün und rot umrandete Schrift oechsner bier.

"Jetzt gehn wir aber heim", sagt der Jubilar entschlossen und steht auf. Und wird sofort wieder auf den Sitz gedrückt.

"Erst wird dein Geburtstag schön gefeiert."

Aus dem Radio klingt es plötzlich ganz weihnachtlich, fast wie die Don Kosaken, fast wie Kirchenglocken, es ist aber nur der Spielautomat, der eine elektronische Melodie piept.
Und die Männer vom Gloria-Transport legen andächtig ihre Karten auf die Seite und verzehren die Rollmöpse.
"Ich will eine Lila Pause", sagt der Marko oder Heiko.
"Und ich ein Eis", sagt der Heiko, wenns vorher der Marko war. Wenns vorher der Heiko war, ist es jetzt der Marko, der an die Kühltruhe geführt wird und sich nach langer Überlegung eine Tropicana am Stiel erkürt.
"So schön haben wir deinen Geburtstag noch nie gefeiert."
Das Radio singt inzwischen: Sieben Fässer Wein können uns nicht gefährlich sein.
Ja.
Genau so stell ich mir Weihnachten im Himmel vor: ein riesiges Cafe Waldfriedhof, lauter dürre Engel in Trainingsanzügen, jede Menge Bier, jede Menge Mariacron, jede Menge Schokoprinz, und der Chor der seligen Geister jubiliert ohn Unterlaß: "So schön haben wir deinen Geburtstag noch nie gefeiert."

VIER

Warum haben die besseren Herrschaften oft so viele Sonderwünsche?
Sogar vom Pfarrer verlangen sie, daß er sich die Mahler-Symphonien anhört, um die Gefühlswelt des Verstorbenen kennenzulernen. In der Ansprache sollen die Todesvorstellungen von Goethe und Hölderlin verarbeitet werden, außerdem könnte es dem Pfarrer nicht schaden, mal in die Strauß-Memoiren hineinzuschauen, mit denen der Opa Neureich verschieden ist.
Die Ascheberger Herrschaften haben die Noten schon bereitgelegt, wenn Totnan Weber ins Haus kommt. Das Paulus-Oratorium von Mendelssohn. Ich danke dir Herr mein Gott, hier ist es, das passe doch wunderbar. Oder Sei getreu bis in den Tod, so will ich dir die Krone des Lebens geben, das passe noch besser.
Da kann Totnan nur die Erwartungen dämpfen, daß es halt auf dem Harmonium ein bißchen anders klinge als im Chor.

Aber die Herrschaften hören den Chor immer mit, die haben alles selbst schon gesungen, die können das auswendig und zucken zusammen, wenn sie eine falsche Note hören.
Hier, Wenn ich einmal soll scheiden, das passe doch *extrem*. Aber nur in der Originalfassung der Matthäuspassion. Das müsse wie aus einer anderen Welt klingen. Alles schon mit dem Reliquienchor gesungen, die große Aufführung in der Herz-Jesu-Kirche und in der Jakobskirche in Rothenburg. Das sei nämlich für zwei Chöre komponiert, und das haben die Herrschaften mit dem Rothenburger Chor gemeinsam aufgeführt. Am Palmsonntag hier und am Gründonnerstag in Rothenburg. Eine ganz ausgezeichnete Leistung, mit Bläsersolisten aus der Alten Oper und mit den Ansbacher Symphonikern, eine brillante Sternstunde. Und der Schwiegerpapa habe immer so gern das Ave Maria von Bach-Gounod gehört. Aber auf keinen Fall Mozart. Mozart verwende immer soviele Fis.
Die Ascheberger Herrschaften.

Ums Haus verlief eine gepflegte Thujahecke und ein kurz gemähter Rasen.
Auf das Klingeln folgte drinnen wichtigtuerisches Gegilb. An der Tür erschien Frau Hecker mit einem durchgedrehten Dackel, der Totnan sofort in die Wade biß.
Frau Hecker lachte.
"Das ist komisch. Den Pfarrer hat er vorhin auch gezwickt."
Geht denn in einem Trauerhaus jede Rücksicht verloren? Denken die, nun schwirrt die ganze Stadt nur noch um sie herum? Drei Tage Narrenfreiheit, he? Drei Tage werden Kirche, Friedhofsamt und Bestattungsinstitut terrorisiert. Nix da, Schmerzensgeld. Dafür gibts Kohle, schwarze Trauerkohle.
"Das geht bestimmt über die Versicherung", sagte Totnan, als er die Zahnspuren an seinem Bein inspizierte.
Frau Hecker war baff.
"Setzen Sies auf die Rechnung", sagte sie nur.
Vielleicht 60 Jahre war sie alt, eine blonde Frisur, ein gepflegtes blasses Gesicht, schwarze Bluse mit weißem Tortenspitzenkragen.
Drinnen die Treppenstufen aus hellem Marmor, die Türen aus dunklem Holz, aus einer kam der

Sohn der Familie im Unterhemd, in schwarzen Socken und einer neonfarbenen Unterhose.
"Du mußt doch an den Bahnhof", drängte Frau Hecker.
"Wissen Sie, in so einem Fall gehts furchtbar hektisch zu", erklärte sie Totnan.
Wie zur Bestätigung schrillte das Telefon.
"Ich geh schon hin", sagte Herr Hecker, der im weißen Pilotenhemd mit schwarzem Schlips aus dem Wohnzimmer kam, braun wie ein amerikanischer Präsidentschaftskandidat. Oder wars eine schlichte Leberzirrhose.
"Darf ich dir Herrn Weber vorstellen, er spielt für die Mama."
"Herzliche Teilnahme."
"Danke."
Herr Hecker ging ans Telefon, Herr Weber mit Frau Hecker ins Wohnzimmer. Auf dem wuchtigen Ledersofa lagen Zeitungen herum, alle vom selben Tag.
"Da steht meine Mutter drin", sagte Frau Hecker, "die muß ich noch ausschneiden."
Sie stellte eine Schallplatte an, es war ein Solostück, Posaune und sonst nichts.
"Meine Mutter hat den Mangelsdorff so gern gehört. Wie er hier im Stadttheater gespielt hat

oder damals im Heißen Stein, wir waren zusammen dort."

"An was haben Sie sonst noch gedacht?" fragte Totnan, der sich vorstellte, wie diese Musik im Leichenhaus wohl aufgenommen würde.

"Da gibt es eine herrliche Aufnahme mit dem Oscar-Peterson-Trio", schwärmte Frau Hecker. "*Somewhere* aus der Westsidestory. Übrigens die Lieblingsplatte von Udo Jürgens. Die hat auch meine Mutter gern gehört."

Frau Hecker öffnete einen Schrank mit lauter Platten, zog sie nach kurzem Suchen heraus und spielte sie ab. Die Schlaglöcher knallten in regelmäßigen Abständen.

"Wenn ich sie mit Dolby auf Cassette nehme, wirds besser."

Totnan fragte vorsichtig: "Haben Sie auch an die anderen Leute gedacht, die an der Beerdigung teilnehmen?"

"Das ist mir egal", sagte Frau Hecker, "das mach ich für Mama und für mich."

Sie legte eine andere Platte auf, "einen sehr schönen Cesar Franck".

"Das isses nicht", sagte sie und suchte die richtige Rille.

Die Platte brutzelte wie ein Kotelett in der Pfanne.

"Das ist Musik", erhitzte sich Frau Hecker und drehte den Verstärker laut auf. In der Tür erschien der Kopf ihres Mannes mit einer empörten Pantomime und verschwand gleich wieder. Frau Hecker stellte die Platte ab.
"Ich muß noch das Verdi-Requiem haben", sagte sie, "unten im Keller."

Totnan lehnte sich in dem bequemen Ledersessel zurück und betrachtete das massive Zimmer. Über dem mit Schnitzereien verzierten Schreibtisch hing im dicken Goldrahmen eine Waldlandschaft mit Gewitterwolken. Neben dem Bücherschrank, der hauptsächlich mit Lederlexika gefüllt war, hing eine Zeichnung, die wahrscheinlich den Hausherrn darstellen sollte und ihm zu einem Fest geschenkt worden war. *Unser Hubsi*, stand darunter.
Auf dem ovalen Marmortisch drei Kristallgläser, aus denen eine rote Flüssigkeit getrunken worden war, wie der angepappte Rest verriet. Totnan wollte daran riechen, da kam Herr Hecker herein, stellte sich vor seinen Schreibtisch und schüttelte den Kopf.
"Das ist mir noch nie passiert."

Er stand da wie ein Dullian.
"Ich find meine Brille nicht", sagte er und zum Bücherschrank sagte er noch einmal: "Ich find meine Brille nicht."
Stand da, bis seine Frau mit einer Obstkiste zurückkam. Herr Hecker schnaubend hinaus. Die Obstkiste war voller Cassetten.
"Lauter Trauermusik", erklärte Frau Hecker. "Wir liebten traurige Musik."
Sie kramte in der Kiste, "Ach ja", legte eine Cassette zur Probe ein, drückte sich den Kopfhörer über die Ohren und lauschte.
"Furchtbar", jammerte sie, "ich bin noch nicht dazugekommen, die Cassetten zu beschriften. Immer nur aufgenommen, aufgenommen. Aber jetzt wird es besser, jetzt hab ich Zeit."
Verschiedene Cassetten wurden nun in den Recorder eingelegt, vorgespult, zurückgespult, vorgespult und wieder herausgeschleudert. Währenddessen fand Frau Hecker laufend Musikstücke, die ebenfalls für die Feier infrage kämen.
"Hundertprozentig", sagte sie.
Manchmal summte sie mit und sagte: "Das müssen Sie hören."
Sie gab ihm die Kopfhörer, und er mußte es hören.

Frau Hecker notierte einige Titel und die Zahlen des Zählwerks, völlig zwecklos, da die Cassetten ständig gewechselt wurden. Bei Stücken, die ihr besonders gefielen, zog sie die Kopfhörer heraus und drehte laut auf.
"Ich ging mit Mama auf die Konzerte", schrie sie gegen das Streichorchester an, "ohne die Musik wäre sie nie so alt geworden. 89, fast so alt wie Jubi Bläik. Kennen Sie Jubi Bläik?"
"Leider noch nie davon gehört", sagte Totnan.
"Der große Ragtime-Pianist", sagte sie, "ich leg Ihnen gleich eine Platte auf."
Totnan strich in seinem Tagesplan einiges aus.
"Das Ave Maria hab ich mindestens fünfzehnmal", sagte sie. "Wir müssen die beste Fassung herausfinden."
Totnan erwog Sanktionen.
"Aus der neuen Welt von Dvorak, das ist noch besser." Gewissermaßen sei es eine neue Welt, wo Mama jetzt wäre.
Frau Hecker griff zielsicher in den Schrank und legte die Platte auf. Wieder Kratzer und regelmäßiges Knallen.
"Bumm", machte Frau Hecker jedesmal, "bumm", als wollte sie es nachäffen, "bumm". Sie hob den Plattenspielerarm nach oben.

"Der Pfarrer sagt, wir könnten ein Stück abspielen. Aber wir spielen mindestens drei, das merkt der gar nicht. Mama wird nur einmal beerdigt."
Sie drückte auf eine Stoppuhr, im Kopfhörer hatte das Stück ihrer Wahl begonnen.
Das hab ich nicht nötig, dachte Totnan, eine Verrückte in ihrem Hirngespinst zu unterstützen. Gleichzeitig tat sie ihm leid, es rührte ihn, wie gewissenhaft sie die Trauerfeier für ihre Mutter vorbereitete.
"Nur noch eine Bitte", sagte Frau Hecker. "Ich hätte gerne, was der Pfarrer sagt, auf Tonband. Da brauchen Sie nur draufdrücken und laufenlassen. In meiner Familie hab ich keine Unterstützung."
Dieser Gedanke bewirkte einen sehr starken Schluchzanfall, Totnan sah also keine Möglichkeit, ihr diesen Wunsch abzuschlagen. Daraufhin brach der Anfall wieder ab.
"Sie müssen nur darauf achten, daß die Batterien Kontakt haben", sagte Frau Hecker. Denn sie habe den unteren Deckel verloren, und wenn er da nicht gegendrücke, sei die Aufnahme futsch.
Frau Hecker schniefte und sagte: "Gar nicht auszudenken."

Während sie planlos ein paar Cassetten in die Obstkiste räumte, sagte sie: "Wenn ich noch einen Wunsch, wenn ich Sie mit einem letzten Wunsch belästigen dürfte", dabei lachte sie kurz grundlos auf, "ich hätte gerne, daß Sie auf dem Weg zum Grab ein paar Bilder machen würden, ich geb Ihnen meinen Apparat, nur draufdrücken."

Während sie einen Pack Fotografien aus der Vitrine holte, sagte sie: "Ich hab Mama immer wieder fotografiert. Da wird sie von der Pflegerin gefüttert. Bei uns im Haus hätten wir ihr das gar nicht bieten können. Hier ihr Paßbild. Ganz verrupft seh ich aus, hat sie gesagt. Sie war sehr eitel. Und das ist am Tag vor ihrem Tod, das darf man gar nicht zeigen."

Sie gab das Foto in Totnans Hand.

Das Gesicht der Greisin war eingefallen, die Augen zu, der zahnlose Mund mit dem Kinnknauf weit aufgerissen, die Zunge wie getrocknetes Leder.

Ebenfalls aus der Vitrine holte Frau Hecker nun ein Schmuckkästchen und öffnete es.

"Ihre schönen weißen Haare, ich hab einen Büschel aufgehoben."

Sie strich mit der Hand darüber.

"Und ihre Fingernägel, ich muß es geahnt haben, ich hebe alles auf."
Da donnerte der Mann herein und polterte: "Ich kann nicht aufs Klo! Laufend besetzt!"
Frau Hecker erklärte Totnan, daß sie Verwandte im Haus hätten, die die Toilette belegten, und es sei besser, wenn er jetzt gehe.
Der Sohn lief immer noch in Unterwäsche durch den Gang, diesmal mit Rasierschaum vor dem Mund. Aus dem Klo hörte Totnan ein Pratzeln.
"Hier gehts nach draußen", wies Frau Hecker den Weg, als Totnan eine falsche Tür ansteuerte. Der Saudackel war gottseidank in irgendeinem Verließ.
"Sehn Sie, es klingelt schon wiedersehn."

"Was kommt denn für ein Pfarrer?" fragte Bopp.
"Der Lippert isses nicht", sagte Matze.
"Der Strietwälder auch nicht", sagte Bopp.
"Das wird wieder so ein verkrätzter Diakon sein", sagte Matze, "wenn ich den Obernauer seh, dem könnt ich sämtliche Backenzähn ziehn."
"Vielleicht kommt der von St. Gertrud."

"Der is in Ordnung."
"Ja, einer von den schnellsten."
"Die Mauritiuskirche hat einen neuen Kaplan. Ganz jung, ganz schmal, aber eine kräftige Stimme."
Und was für eine kräftige Stimme. Eine gerrende Schnapsstimme, als würde er vor der Kaufhalle Seelenreiniger anpreisen.
"Nimm onsarre Schwastarr auf zo dierr, dorrch Chrristoss onsarren Harrn."
Er wollte halt verstanden werden. Er ahnte, daß kaum einer der Trauergäste glaubte, was er da verkündete, aber der kirchliche Versicherungsvertreter strengte sich an, er wollte seiner Botschaft Gewicht und Gewißheit geben.
"Wir hapen hierr keine pleipende Stätte, sondarrn suchen die künftike. So laßt ons onsarren Pruter bekrapen."
Erschien ein Pfarrer von auswärts, war er mit der Leiche verwandt und sagte Onkel Dings oder Tante Soundso.
"Immer noch besser als die Ausländer", sagte Matze. "In Maria Geburt haben sie einen Mexikaner, den versteht niemand."
Der Mexikaner las die Klammern mit.
"Laßt uns in Stille des der Verstorbenen gedenken, der die unter uns gelebt und den die

Gott zu sich gerufen hat." Und weiter las er mit Engelszunge: "Hier können persönliche Zusätze beigefügt werden."

Wenn für einen Pfarrer Requiem gehalten wird, zieht der Orgelspieler sogar die Baßposaune. Fünfzehn andere Pfarrer stehen um den Altar, auch die Standarte der Männersodalität, weil die meisten Pfarrer große Marienverehrer sind, und der Verstorbene ein besonders leidenschaftlicher.
Sein Sarg wird vor dem Altar aufgebaut mit einem Meßkelch und der Stola obendrauf. Es werden Psalmen gesungen und mit Weihrauch geräuchert.
Ein Domkapitular verliest die Botschaft des Bischofs, weil heute das Sinnen und Trachten aufs Unverbindliche hinausläuft, sagt er. Gott aber ruft den Priester ins Endgültige.
Auch für die Jugend hat sich der Verstorbene engagiert und im Krieg war er ein großer Widerstandskämpfer.
Der Tod endet, Christus aber wendet.

Mit diesen nahrhaften Worten endet auch die Bischofsbotschaft, und es geht im langen Trauerzug mit viel Feuerwehr auf den Friedhof.

Von draußen Kunkels laute Stimme: "Gelobt sei, der da kommt im Namen des Herrn!"
Sagte er gern. So kurz vor der Pensionierung hatte er Narrenfreiheit.
"Na, mein Freund", legte er Pfarrer Goldhammer seinen Arm um die Schulter. Er redete mit den Pfarrern wie mit Kindern, die ein bißchen Beerdigung spielen wollen.
"Sie brauchen kein Weihrauchfaß mehr mitzubringen", sagte er. Kohle, Kreuz und Wasserkübel gäbs inzwischen auf jedem Friedhof.
"Was brauchen Sie mit der glühenden Kohle Ihr Autopolster verbrennen. Nächste Woche sind da noch zwei Haken und ein Abstellbrettchen. Das hab *ich* angeregt", schmunzelte er hochzufrieden über den Schwung, den er in seinem Alter noch in die Ascheberger Pompfüneberer brachte. "Ich mach mit 1 Kohle 2 Beerdigungen. Und dann glüht se immer noch."

Oma wurde im Rollstuhl vorgefahren.
Sie glaubte, auf der Beerdigung ihres Mannes zu sein, und war recht aufgekratzt, fast fröhlich. Dabei war Opa schon vor 40 Jahren gestorben. Totnan kannte ihn nur als Photographie, eine kuriose Erscheinung mußte er gewesen sein, mit Hakennase, Mittelscheitel und zu Hörnern frisierten Haaren. Er starb mit der Schnupftabaksdose in der Hand. Beim Niesen platzte ihm das Gehirn. Die Schnupftabaksdose hat ihm Ossi in den Sarg gelegt.
Tante Elsbeth schob Oma und reichte ihr auch den Weihwasserschwengel, mit dem Oma ein Dollarzeichen vor dem Sarg fuchtelte, bevor sie den Segensapparat ins Bukett fliegen ließ.
"Ins Meer der Ewigkeit dahin", plusterte sie sich auf und ließ ein "Auf Wiedersehn, Hans" folgen und ein lautes "Danke für alles".
Offensichtlich fühlte sie sich im Mittelpunkt und genoß den Ritus.
Sie versuchte sogar, sich vom Rollstuhl zu erheben. Ihre braunen Filzschuhe strampelten in der Luft, aber die eigene Hinfälligkeit und Tante Elsbeth hielten sie zurück.
"Alles in Ordnung."
Ossi schließlich rollte seine Mutter neben sich. Da zelebrierte sie die Witwe und nahm die

Glückwünsche der Ascheberger Bevölkerung entgegen.

Im Marienstift lag sie meistens wie hingeschmiert auf einer der Sperrmüllgarnituren im Aufenthaltsraum für Verwirrte. Wie sich ein hartgewordener Spüllappen ins heimische Becken schmiegt.
Wenn man ins Marienstift hineingeht, kommt man im Treppenhaus an einem Aquarium mit pensionierten Zierfischen vorbei. Langsam und still wie diese Fische tummeln sich die Bewohner. Wie im Schlaf wandeln sie, als ginge sie alles nichts an, weil sie ohnedies gleich aufwachen würden. Aufwachen und aufatmen: Mensch, hab ich blöd geträumt.
Freitags kam Oma Weber frisch vom Friseur. Dazu mußte sie das Heim nicht verlassen, im Erdgeschoß Zimmer 5 hatte der Herr Sickenberger seinen *Salon*. Wenn sie aus dieser Tür geschoben wurde, wirkte ihr weißes Haar wie eine steife Perücke. Würdevoll saß sie in ihrem Rollthron, ihre Majestät Auguste Weber. Ihre Augen schauten noch langsamer als die anderen Fische, sie hielt alles für nicht ganz

echt, die Gänge, die Zimmer, die Schwestern und die Besucher, alle nicht ganz echt. Schon wurde eine Tasse Kaffee und ein Stück Kuchen serviert, aber sie schaute es an, als hätte sie nie zuvor etwas derartiges gesehen.

Vor Weihnachten, als alle die Salmonellen hatten, war Oma Weber die einzige, die normales Essen bekam.

"Die hat eine Ochsennatur", sagte Schwester Gerda.

Erst am Montag vergangener Woche hatten Sabine und Totnan ihre Oma besucht, Fürst-Pückler-Eis in der Kühltasche, Sechserpack Export, wie immer. Die alte Frau Weber saß ebenfalls wie immer in der "Wirtschaft", wie sie den Aufenthaltsraum nannte.

"Lauter Stammgäste, den ganzen Tag in der Wirtschaft."

Im Sommer war sie meistens *auf der Höhe*, fidel und aufgekratzt. In großem Kontrast zur Frau Kessler, die völlig apathisch neben der Frau Seubert saß, die die Eintretenden wenigstens noch mit den Augen verfolgte.

Die Frau Sahm, eine Alte mit schuppigem Schädel und Schildkrötenhaut, packte Totnan am Arm, er solle ihr helfen. "Willenweck, willenweck", sagte sie, also holte er aus dem

Schwesternzimmer ein Brötchen, das die Frau Sahm aber nicht anrührte.
Auf dem Sofa neben der Oma saß eine resolute und laute Frau, die völlig unverständlich herummoserte und nach jedem Satz eine lange breite Zunge herausstreckte. "Heim", konnte man verstehen, "heim", und als Sabine ihre Hand festhielt und streichelte, beruhigte sie sich ein bißchen.
"Die weiß nicht mehr, wo hinten oder vorn ist", sagte Oma beim Stochern im Eis.
Sabine konnte mit den alten Leuten umgehen. Totnan wollte immer viel reden, aber Sabine nahm die verstörten Hämpelchen der Reihe nach in den Arm, drückte die Frau Sahm, hätschelte die Frau Rosenberger, kraulte die Frau Kessler und massierte der Oma die Ohrläppchen, bis sie schnurrte.
Eine vergeistigte Nachthemdgestalt kam dreirädrig herein, hatte sich aber etwas anderes erhofft und verschwand wieder.
"Die alten Leute sollen daheimbleiben."
Oma hatte zu allem einen Kommentar. Wenigstens sprach sie verständlich. Im Januar, als sie mit der Grippe sechs Wochen *ans Bett gefesselt* war, klang sie wie ein kaputtes Orgelregister; die meiste Luft schien aus

Lungen- und Brustkorbritzen zu entweichen, bevor sie an die Stimmbänder gelangte. Ossi stellte fest, sie werde jeden Tag dünner, man könne ihr schon das Vaterunser durch die Backen blasen. Und Nunun sagte, wir müßten *mit dem Schlimmsten rechnen*. Und Oma selber ächzte: "Halt alt."

"Schmeckts dir?" fragte Sabine.

"Oh gut", sagte Oma mit aufgerissenen Augen und schlug sich vor Wonne den Leib.

"Dann iß doch weiter."

Oma nahm den Löffel und klopfte damit auf das schmelzende Eis.

"Schmeckt besser."

"Dann iß es doch."

"Schmeckt besser, wenns verläuft."

Sie ließ sich zurückfallen und sagte:" Gestern hat mich der Pater versehen."

"Du hast geträumt."

"Nein, die letzte Ölung und die Sterbesakramente."

"Die Kommunion vielleicht", sagte Sabine.

Omas Antwort war ein Erschöpfungsnickerchen. Die kleine Person lag geknickt in der Sofaecke,

wie ein Kissen, das zur Beruhigung einen Handkantenschlag empfangen hatte.
Sie wird immer kleiner und leichter, dachte Totnan, bald wird man sie als Feder zum Fenster hinauspusten. Wie kann ein Mensch so wenig werden. Als Totnan sie kennenlernte, war sie eine dicke starke Oma, die ihn umschlang und drückte, daß er in ihren Spalten und Wülsten fast verschwand. Bei jedem Besuch preßte sie ihn innig an sich, drückte ihm die Luft ab, bis alles schwarz wurde. Totnan verschwand in diesem fleischfressenden Wal.
Die Augen aufschlagend sagte die Oma: "Im Fernsehn kommt keine heilige Messe mehr. Nur Tennis." Und schlug die Augen wieder zu. Totnan mußte ganz genau hinschauen, ob sie noch schnaufte.
"Am Schluß werden die Phasen des Ausatmens immer länger", sagte Schwester Gerda, "man hat den Eindruck, der Mensch atme nur noch aus."

Aus dem Zimmer 32 schlüpfte ein nackter Mann. Ein Mann ohne Beine. Auf seinen

Händen patschte er heraus und schleifte sein Geschlecht über den Boden.
"Aber Herr Stürmer, Sie müssen im Bett bleiben!"
Schwester Elisabeths Stimme.
"Ich will eine rauchen."
"Sie müssen in Ihr Zimmer zurück."
Schwester Elisabeth mit elastischen Schritten auf den Gang.
"Erst will ich rauchen."
Schwester Elisabeth packte den Oppositionellen unter den Armen, um ihn durch seine Tür zu bugsieren.
Omas Kommentar: "Zum Schießen mit den alten Leuten."
Ihre kurzen Haare standen wild vom Kopf ab, und über dem Knöchel hatte sie ein Loch im Strumpf, aber das war jetzt auch egal.
"Warum kriegt der Mann keine Zigaretten?" fragte Sabine.
"Krämpf sind das, Alterskrämpf", sagte Oma mit einem Blick, der durch alles hindurchging.

An Fasnacht hatte sie ein Marienkäferhütchen auf.
Andere kamen als Chinesen, Piraten, Matrosen und Kapitäne mit Krückstöcken.
Das Stift war mit Luftschlangen, Stanniolspiralen und großen Papierblumen bunt gemacht.
Und im Speisesaal spielten die Stengerbuben: Es klopft mein Herz bum bum warum bum bum warum.

"Habt ihr genug Tote?" Omas Augen blickten blind, fast blöd.
"Letzte Woche keinen, aber im Juli jede Woche."
"Ist der Krieg aus?"
94 Jahre in einem alten Kopf zu speichern, da kann manches durcheinanderrutschen.
"Im Fernsehn kommen Berichte von der Front. Habt ihr genug Särge?"
"Fünf in der Ausstellung."
Solange sich Totnan erinnern konnte, waren es fünf gewesen. Fichte, Kiefer, Eiche, daneben eine altdeutsche Truhe und eine Luxuskarosse

aus Mahagoni. Soll niemand sagen, es gäb keine Auswahl.
Ein Sarg war offen, um die Innenausstattung und Prunkwäsche zu demonstrieren. Totenwäsche in weiß, beige, grau, mintgrün, rot und flieder, konnte man mehr verlangen?
Neben der Standuhr, einem Erbstück aus der Schweinheimer Zeit, ragte sehr dekorativ ein von Ossi geschreinertes und dunkel gebeiztes Lesepult mit einem großen alten Meßbuch darauf.
Oft stand ein Sargunterteil auf zwei Holzböcken in der Garage. Ossi leimte die Füße daran und schlug zur Sicherheit noch zwei Nägel in jeden. Dann wurden die Griffe festgeschraubt. Auf den Sargboden legte er eine Teerpappe, darauf wiederum Sägespäne und Holzwolle. Nun wurde die weiße Bespannung darübergeflatscht, die überstehenden Säume nach innen geschlagen und mit einem Hefter festgeschossen. Der Sargrand sah noch recht häßlich aus, weshalb Ossi eine weiße Zierkordel rundherum klebte.
"Was haben die für Wäsche ausgesucht?" rief er nach oben.
Nunun brachte Kissen und Decke und Sterbetalar. Mäanderbesticktes mit vielen Rüschen hatten sie ausgesucht.

Ossi verstaute es sorgsam, setzte mit Totnan den Deckel darauf, drehte die sechs Palmwedelschrauben hinein, bevor sie beide den Sarg in die Limousine hoben.
"Ihr müßt bei der Druckerei vorbei. Die Krankenkasse und das *Echo* hab ich angerufen."
"Hast du den Pfarrer erreicht?"
"Nur auf den Anrufbeantworter gesprochen."
"Alles klar."
Ossi winkte, und Totnan sagte beim Einsteigen: "Kannst schon Kaffee machen. Wir bringen Stückchen mit."
Dann fuhren sie zu dem, was getan werden mußte.

Auf die Limousine hintendrauf hatte Sabine einmal den Bausparaufkleber: *Wir geben Ihrer Zukunft ein Zuhause* geklebt. Aber da hörte für Ossi der schwarze Humor auf. Mit Benzin mußte Sabine alles entfernen.

Oft saß der Herr Elsässer bei Nunun und kriegte einen Asbach kredenzt. Herr Elsässer war ein dürrer Ascheberger mit prachtvollem Schädel, kahl und voller Sommersprossen, die einzigen Haare bildeten eine kleine *Popelbremse*, wie er seinen Schnurrbart titulierte. Da Herr Elsässer eine so *gestochene* Schrift hatte, beschriftete er die Holzkreuze und Kranzschleifen mit Dekorlack. Und weil er in der Villa nebendran wohnte, konnte Nunun ihn jederzeit rufen, und weil er allein lebte, freute er sich darüber.
Links hatte er eine Gummihand, was Totnan und Sabine als Kinder schwer ergötzte. Wenn sie darüberstreichen durften, gabs ein gruseliges Gefühl. Abends knallte es, da ging der Herr Elsässer ins Bett. Rrrrrratsch, ließ er seinen Rolladen auf einen Schlag herunter.
Herr Elsässer war zuverlässig und sehr ordentlich. Ein Erbstück von seiner verstorbenen Frau.
"Bei ihr hatte alles seinen Platz", sagte er, "das mußte man im Dunkeln finden können."
Seine Korrektheit trieb ihn vorübergehend in die Ahnenforschung. Er fand heraus, daß bereits seine Ururgroßeltern Adam und Eva hießen. Damit war für ihn der Fall erledigt.
Erzählte er gern.

Totnan vermachte er eine Weisheit, die er sich im Laufe seines langen Lebens erworben hatte. Die Weisheit bezog sich auf Mädchen und Frauen.
"Wenn du eine kennenlernst", sagte der alte Herr, "schau dir ihre Schuhe an. Schau genau hin, ob sie geputzt sind, schau auf die Schnürsenkel und schau auf die Absätze. Ich muß sagen, damit bin ich nie hereingefallen. Laß dich nicht ablenken vom Kleid, von der Frisur oder gar von den Beinen. Schau auf die Schuhe."
In einem der vornehmsten Häuser Münchens, im Cafe Luitpold in der Brienner Straße hat er die jungen Dinger studiert, aber schlechte Schuhe hat er gar nicht erst angesprochen.

"Ein feiner Mann", sagte Nunun, wenn der Herr Elsässer in St. Martin die Kommunion austeilte. Dazu bekam er von Pfarrer Goldhammer den Speisekelch in die Handprothese gezwickt. Und bei der Wahl zur Kirchenverwaltung bekam er die drittmeisten Stimmen.

Werktags schraubte Herr Elsässer manchmal den ganzen Arm ab und steckte den leeren Ärmel in die Jackentasche.
Nach dem Gottesdienst kam er mit seinem Löschgerät. Früher war das ein am langen Holzstiel sitzendes Eisenhütchen, das den Flammen die Luft abschnürte. In der nachkonziliaren Zeit ging man zu einem modernen Bambusrohr über, durch das mit Druck auf ein schwarzes Gummibällchen Luft gepreßt wurde und die Flamme entmaterialisierte. Aber nur, wenn es der Kirchendiener im richtigen Winkel zur Kerze hielt. Sonst konnte er drücken und pumpen soviel er wollte, die Flamme duckte sich oder tanzte nur spöttisch. Hätte man ihr gar nicht zugetraut, der pfingstlichen Dame.
Zu Weihnachten schenkte Herr Elsässer der Familie Weber ein Buch mit alt-irischen Gebeten. Darin fanden sie eines, das sie bei Festmahlen als Tischgebet benutzten.
"Ich möchte einen großen See von Bier haben für den König der Könige; ich möchte die ganze Familie des Himmels daraus trinken sehen in alle Ewigkeit."
Schön wie das Gebet, das ein Kind in Erstklässlerschrift in das große Heft schrieb, das

in St. Martin auslag, um die *Anliegen* der Kirchenbesucher aufzunehmen.

"Lieber Gott ich danke dier das ich so schnel den Purzelbaum gekönnt habe."

"Ich will ihn nochmal sehn", sagte Oma plötzlich.

Ossi sprach beruhigend auf sie ein.

"Aber ich hab noch nicht Abschied genommen", widersprach sie.

"Alles in Ordnung", sagte Tante Elsbeth, und die Beileidsbekundungen lenkten Oma wieder ab.

Sogar Frau Grundhöfer war gekommen, Klassenleiterin zum Abitur. Ihr Deutschunterricht hatte Sabine für die Bücher begeistert. So sehr, daß sie statt zu studieren in der Buchhandlung Diekmann eine Lehre begann, und dort fast zwanzig Jahre für Kunstbände und Reklamationen zuständig war.

Frau Grundhöfers Deutschunterricht war sogar für Totnan erträglich, die meisten Fächer haßte er. Vor allem die Turnstunden. Schon der Geruch einer Turnstunde machte sie unmöglich. Totnan haßte es, in der Halle herumschwabbeln zu müssen, er haßte die Schikanen, die sich Generationen von Turnlehrern ausgedacht hatten, um Schüler wie ihn damit zu quälen: das *Pferd* haßte er, weil er sich daran nur blaue Flecken holte. Welche Albernheit, diesen mit Leder überzogenen Holzbock *Pferd* zu nennen. Den Barren haßte er, weil er sich an ihm beinahe kastriert hätte. Den Stufenbarren ebenfalls, diesen Schienbeinbrecher, da konnte er froh sein, einigermaßen heil auf die stinkende blaue Matte zu platschen. Das Reck haßte er schon des teuflischen Namens wegen. Zu viert hievten sie ihn hoch, und Totnan hielt sich eine Weile, das langte zum Fünfer. Die Ringe, Folterwerkzeuge der Inquisition. Vom Medizinball wurde er umgehauen wie von einer Kanonenkugel. In der Turnhalle war immer Krieg. Völkerball, Riege, Fechterflanke, Sprossenwand, Kletterstange, Zirkeltraining, nach so einer Doppelstunde schob er sich verschwitzt und entstellt in die eklige Kabine.

Religion, das war die Rettung. Sogar montags in der ersten Stunde. Da wurde erst mal gemütlich ein Lied gesungen, Die güldene Sonne und Wachet auf, nicht nur im Advent bei Kriegsgräberkerzenlicht, das ganze Schuljahr

über wurde jeden Montag gesungen: Wach auf, du Stadt Jerusalem.
Der katholische Religionslehrer sah aus wie der Papst Pius, mit vornehmer Silberbrille und Silberfrisur, der evangelische sah aus wie eine Kasperlefigur.
Zeichnen fand Totnan lästig, weil man sich da nur einsaute.
Musik war sauber, und wenn der Tritschler eine Schallplatte auflegte (ein *Tonbeispiel*), plätscherte die Stunde angenehm und träumerisch vorüber. Als der Valse triste von Ravel erklang, spürte Totnan fast eine Berufung. Eine Verbundenheit mit den Beerdigungsmusikanten aller Zeiten, er fühlte sich in eine jahrtausendalte Haut hineingeboren und nahm sich vor, fleißig Orgel zu üben, um zum Ascheberger Totentanz würdig aufzuspielen.
Chemie wurde von einem Turnlehrer gegeben, das sagt alles. Im Skikurs, als abends die Mädchen vom Würzburger Gymnasium dabeisaßen, sprang er von hinten über die Bank, quetschte sich neben die Attraktivste und so von oben herab, so mit spöttisch verzerrtem Gesicht sagte er zum Adi: "Der Ober sticht den Unter." So ein Scheißer war das.

Die Stenohilde in der Stenostunde zum Abreagieren, ein Blitzableiter, die arme Sara. Friede ihrem Stenostaub.

Für die Biolehrerinnen hatte Totnan kein Verständnis, die mußten immer Blumen und Kräuter zerreißen, und die Abbildungen von Zellen und Bazillen konnte er mit dem wirklichen Leben nicht zusammenbringen. Sogar Hunde und Kühe und Maulwürfe wurden im Buch und im Heft, an der Tafel und am Kartenständer in ihre Einzelteile zerlegt.

Dabei hätte es soviel zu lernen gegeben in der Lehre vom Leben. Wie zum Hohn durfte Totnan in der Pause davon schmecken, wie Leben sein könnte, lustig und nahrhaft, mit viel Platz und sogar ein bißchen erotisch, aber dann kaschte ihn die vierte Stunde mit dem Griechisch-Miesepeter. Der begann den Unterricht jedesmal mit den bezeichnenden Worten: "Schluß jetzt."

Latein und Griechisch hatten für Totnan etwas Unheimliches, etwas Geisterhaftes. Die Altphilologen, die letzten ihrer Art, sprachen mit der Stimme von ausgestorbenen Reptilien. Und der Miesepeter fuhr sich von der Stirn her durch die Haare und sagte mit tiefer Stimme: "Schluß mit dem Firlefanz."

Er schlug wenigstens seinen Schülern nicht den Schlüsselbund über die Köpfe wie es der Olli jeden Tag praktizierte, der große Direktor mit den weißen Haaren und dem roten Gesicht. "Sioux" sagten die Schüler zu ihm. Vor ein paar Jahren ist er beerdigt worden, und Totnan konnte nur hoffen, mit einem Schlüsselbund in der Hand. Ein Rosenkranz wäre zwecklos gewesen. Ein Schlüsselbund in Ollis endgültigem Zustand natürlich auch, aber es war das einzige, was sich Totnan in Ollis Sarg vorstellen konnte. Wie beim Dr. Gerlach den Zirkel. Zirkel und Geodreieck, und zwar ein großes Plexiglasdreieck und einen großen Holzzirkel mit einem Stück Kreide vornedrangezwickt.
Die Sozialkundelehrer mußten die Welt immer als Kuchen darstellen mit verschiedenfarbigen großen und kleinen Stücken. Da konnten sies doch gleich in die Mathestunde legen.

Mathe haßte er, weil er jedes Jahr das Pech mit dem brunzdummen Dr. Gerlach hatte. Der war nämlich nicht nur unfähig, sondern im höchsten Grad niederträchtig, er war nachtragend und falsch. Dr. Gerlach verkleidete seine böse Wolfsnatur in einem weißen Mantel und fraß Kreide, wenn er seine Finger ableckte, um die vielen Böcke, die sich in seine Rechnungen eingeschlichen hatten, von der Schandtafel zu wischen.

Zu aller Niedertracht gab er noch Physik. Diese Prozedur fand statt in einem Saal, freundlich wie ein Schlachthaus, mit roten Kacheln gekachelt. Dr. Gerlach baute in jeder Stunde eine ausgesprochene Verwirrapparatur auf die Physiktheke und trieb Totnan mit Verwirrexperimenten zur Verzweiflung.

Sabine sagte auch, der Dr. Gerlach sei nicht in der Lage, die einfachste Formel zu erklären.

"Aber in der Pause an der Treppe stehen und den von oben kommenden Mädchen unter die Röcke schielen. Den Häßlichen gab er Fünfer und Sechser, daß es nur so prasselte. Sabine, sagte er und zog den Rotz nach oben, Sabine, es hat beim besten Willen nicht gereicht. Vier Komma fünf, da kann ich keinen Vierer mehr verantworten. Hätt er lieber gleich gesagt: Sabine, fette Schwuppe, deine Note sieht genauso aus. Einser und Zweier nur an die Schlanken und Graziösen."

"Wahrscheinlich träumte er von Einsern und Zweiern mit Brüsten und nackten Beinen, wie sie eine Treppe herunterkommen", sagte Totnan.
Und Sabine: "Gar nicht auszudenken, was so ein Mann in seinen Männerträumen mit einem Mädchen alles anstellt. Noch dazu so ein Denaturierter mit Geodreieck und Zirkel."
Dr. Gerlachs Verkommenheit zeigte sich auch, indem er sein Hemd in die Unterhose steckte, deren Wulst über den Hosenbund heraus die Klasse verhöhnte. Ekelerregend wie sein ewiges Rotznachobenziehen.
"Bald besteht sein Hirn nur noch aus Rotz", prophezeite Sabine.

In der Elften hatten sie noch versucht sich zu wehren. Die ganze Klasse unterschrieb eine Petition oder wie man das nannte an den Direx, erklärte den Dr. Gerlach für unfähig und bat um einen anderen Lehrer, "gerade im Hinblick auf das Mathematik-Vorabitur", schrieben sie.
Als Reaktion gab es ein starkes Schauspiel. Der Dr. Gerlach saß hinter seinem Pult und *weinte*.

"Kinder", jammerte er und zog den Rotz nach oben, "was hab ich euch bloß getan. Ich habs doch immer gut gemeint."
Und der Direx kam und hielt eine Ansprache und sagte, sie sollten doch vor allem bedenken, daß der Dr. Gerlach eine behinderte Frau habe, Totnan kriegte sich nicht mehr.
Auch der Tritschler ergriff für Dr. Gerlach Partei, genauso der Charly, und der Papst Pius sagte in seiner bildhaften Sprache, sie dürften nicht so grausam in einer Lehrerseele herumstochern.
"Aber daß der Gerlach in unserer Seele und mit seinen Geoglotzern unter den Röcken herumstochert, davon sagt keiner was", empörte sich Totnan.
Die Stegmann kam ganz aufgeregt herangestelzt und schrie, daß es so eine provokative Unverfrorenheit an dieser Schule noch nie gegeben hätte.
Die Petition wirkte wie ein Stück Papier, das in einen Ameisenhaufen gesteckt wird und das die panischen Tiere mit ihrer Säure bespritzen.
Aber es blieb alles beim Alten.
Die Fensterreihe machte einen Rückzug, damit war der Widerstand gebrochen.

Protokoll: Beruf

Eigentlich konnte mir die Schule egal sein. Ich hatte eine Bestatterkarriere vor mir. Ein Zimmer unterm Dach, neben Sabines Zimmer, über dem Zimmer von Nunun und Ossi.
Ich wollte nicht in eine fremde Stadt ziehen und studieren, obwohl mich Germanistik gereizt hätte. Festhalten, was sonst für immer verlorengeht. Die Weberschen Fäden ziehen und aufzeichnen.
Friedhofsamt, Stadtwerke, Versicherung.
Stammbuch, Vollmacht, Sterbebild.
Grablicht, Blumenschale, Danksagung.
Rechnungen vom "unbezahlten" Ordner in den "bezahlten" heften.
Klare Welt.
Könnte ewig so weitergehn.
Konservator, das wär mein Beruf.
Heimatschriftsteller, so würd ich mich nennen.

FÜNF

Auf der weißen Kranzschleife standen die schwarzen Worte *Dein Totnan.* Sonst nichts. Den goldenen Rand und die schwarzen Fransen untendran hätten sie weglassen können.

Die Seitentür öffnete sich, heraus kam zaudernd ein Kreuzträgerbub, ein Meßdienermädchen, Herr Elsässer als Küster und Pfarrer Goldhammer.

Der Bub trug das schwarze Kreuz auf dem schwarzen Holzstiel, wußte nicht wohin, lief in die Mitte, wurde aber von Herrn Elsässer am Hals eingefangen, nach vorne gezerrt und torkelte neben den Sarg. Von dort dirigierten ihn Pfarrer Goldhammers Lotsenhände genau in die Mitte vor das Mosaikkreuz an der Wand.

Das Meßdienermädchen trug einen Blumenübertopf, nein, einen Weihwasserkübel, Herr Elsässer Rauchfaß und Schiffchen, Pfarrer Goldhammer das Buch mit der

Beerdigungsliturgie. Eine violette Stola hatte er über seinem Chorrock hängen.
Er verneigte sich vor dem Sarg, schritt an das Rednerpult, drehte den Schwanenhals des Mikrofons an seinen Mund herunter und blies hinein. Klang wie ein Schuß. Pfarrer Goldhammer war zufrieden.
"Der Vater des Erbarmens und der Gott allen Trostes sei mit euch", rief er laut.
"Und mit deinem Geiste", antwortete todesmutig Herr Elsässer.
Leise fuhr Pfarrer Goldhammer fort: "Liebe Familie Weber, liebe Gemeinde! Wir stehen stumm und gedrückt vor diesem Sarg. Warum mußte sie sterben. Hier versagt alle Menschenweisheit, hier kann ich Ihnen nur das Wort sagen aus dem Johannesevangelium." Nun wurde er wieder laut und selbstsicher: "Euer Herz sei ohne Angst. Glaubt an Gott und glaubt an mich."
Pfarrer Goldhammer blätterte und zog farbige Bändchen. Als er den Namen aussprach, "unsere Verstorbene Sabine Weber", schoß eine Hitze in Totnans Wangen, als würde er gerade erst die Todesnachricht erfahren. Ihm kam alles unwirklich vor, als sei es eine der vielen Beerdigungen, die er miterlebt hatte, da sprach

der Pfarrer wieder von "unserer Verstorbenen Sabine Weber" und stieß ihn damit gnadenlos in die Wirklichkeit. Schlimmer, Pfarrer Goldhammer machte Sabines Abwesenheit endgültig. "Herr, gib unserer Verstorbenen Sabine Weber die ewige Ruhe." Aus.

Es kam Totnan vor, als sei mit Sabine die ganze Familie Weber gestorben und ließe nun eine Fegefeuerprozedur über sich ergehen.

Leise fuhr Pfarrer Goldhammer fort: "Aber warum hat Gott das zugelassen? Ich kann es nicht sagen."

Er schüttelte lange den Kopf.

"Ich kann nur sagen, unser Gott ist ein unbegreiflicher Gott. Der Apostel Paulus schreibt einmal", Pfarrer Goldhammer verlieh dem Apostel seine durchdringende Knatterstimme: "Ihr sollt nicht trauern wie die anderen, die keine Hoffnung haben." Noch eine Quarte höher sprach er mit der Autorität des Herrn: "Niemand kommt zum Vater außer durch mich."

Pfarrer Goldhammer hatte sich fürs erste verausgabt. Er schnaubte und schneuzte sich in

ein Taschentuch, das er dann umständlich in seinen weiten Ärmel hineinwurstelte.
"Peter Maffay singt das Lied: Hinter der Tür liegt ein Geheimnis. Das ist kein billiger Trost, das ist unser Glaube. Der Tod ist kein Punkt, sondern ein Doppelpunkt."
Ein Interpunktionstheologe?
"Wenn es Gott so gefallen hat, dann muß es auch uns so gefallen. Wie bei der heiligen Hedwig. Was gut ist, das gefällt Gott, das holt er zu sich in die Vollendung."
Pfarrer Goldhammer zog eine Grimasse und nieste guttural.
"Hatschepsut."
Den Kapuziner hätte man bestellen sollen, der Pater Pelikan hilft gern aus. Ein rührender Mönch. Wenn er spricht, rucken zu jedem Satz marionettenmäßig beide Hände in die Höhe, als wolle er sagen: Ich kann nichts dafür. "Eure Wege sind nicht meine Wege", sagt er und sein Körper spricht: Ich kann nichts dafür. Plötzlich war ich auf der Welt, plötzlich war ich im Kloster, plötzlich steh ich hier auf dem Friedhof. Ich kann nichts dafür.
Pfarrer Goldhammer verweilte bei Jesaja, ließ auch das Buch der Weisheit zu seinem Recht kommen und Hiob und las noch "einen

Schnabschitt, einen Abschnitt aus dem Paulusbrief".
"Unsere Heimat ist im Himmel", rief er aus, "also ist der Sterbetag der Geburtstag zum Leben. Hier ist die Stunde, wo Zeit und Ewigkeit sich berühren, wo die" - wurde doppelt laut und erhob seine Stimme - "Uhr des Vergänglichen stehenbleibt."
Der Lautsprecher unterstützte die Wucht durch ein kurzes Pfeifen.
"Dies erkennen wir durch das List... die List... das Licht des Glaubens", schloß er den Gedanken provisorisch ab.

Als Achim Tometschko noch Kaplan war, klagte er Totnan sein Leid: "Ich war mein Leben lang eingeschlossen. Im Kindergarten, im Internat, im Priesterseminar und dann im Pfarrhaus. Ich war nie ich selbst, habe nie das Leben kennengelernt, immer unter der römischkatholischen Käseglocke. Ich bin ein getaufter Schimmelpilz."
Er war völlig von der Rolle. Totnan versuchte, ihn aufzumuntern. "Aber du verkündest die frohe Botschaft", sagte er, und Achim

Tometschko sagte: "Ich leiere auf Knopfdruck religiösen Rotz heraus."
Erst beim Anhören von Pfarrer Goldhammers Trauerrede konnte das Totnan verstehen.
Sie sangen die Strophe: Führt er dich durch rauhe Wege.
Onkel Isidor legte sich ins Zeug, aber nur der Herr Elsässer sang mit. Pfarrer Goldhammer nutzte die Unterbrechung und putzte sich die Nase aus.
Das Meßdienermädchen hatte das Sternenbanner auf ihren Turnschuhen.
Der Kreuzträger kämpfte mit Wespen, die vom *Blumenmeer* angelockt wurden wie von Quetschekuchen. Und scheinbar auch vom süßen Kreuzträger, der zurückzuckte, sich bog, zur Seite hüpfte und eine Wespe mit ängstlichen Augen verfolgte. Er schlug mit der Hand danach, bis sie wild wurde. Da stieß er mit dem Besenstielkreuz, mit der Lanze nun stieß er zu und wich dem erneuten Angriff mit eleganter Hüftdrehung aus. Olé! Aber die Wespen wurden zum Bataillon, daß der Bub in Panik geriet und mit der Lanze flüchtete.
"Dulde still und denk daran, was Gott tut ist wohlgetan." Furios beendete Herr Elsässer seine Arie.

Der regenerierte Pfarrer bog in den Trost der Psalmen ein: "Des Menschen Tage sind wie Gras. Er blüht wie die Blume des Feldes. Fährt der Wind darüber, ist sie dahin. Der Ort, wo sie stand, weiß von ihr nichts mehr. Doch die Huld des Herrn währet ewig."
Wie auf Kommando schnarrte der Küster: "Beim Herrn ist Barmherzigkeit und reiche Erlösung."
In Ascheberg klang es so: "Bam Hänn is Bamhäzischkeid un reische Älösung."
Die Erscheinung eines Heiligen hätte nicht ergreifender sein können.
Pfarrer Goldhammer: "Soweit der Aufgang entfernt ist vom Untergang, soweit entfernt er von uns die Schuld."
Die ganze Gemeinde stimmte nun ein: "Bam Hänn is Bamhäzischkeid un reische Älösung."
Totnan hatte den Mechanismus durchschaut. Pfarrer Goldhammer preßte die beiden letzten Silben seines Verses besonders aufgebläht und fett heraus, daß der Küster gar nicht anders konnte als seine Antwort zu schnarren. Geübtes Theater. Ein beliebtes Komikerpaar, der dürre Küster und Seine Korpulenz. Hähnchen waren die Lieblingsspeise des Pfarrers, die verzehrte

er fast jeden Tag. Seine Meßdiener nannten ihn *Hähnchenfriedhof*.

"Was ist der Mensch, daß du seiner gedenkst, und des Menschen Kind, daß du dich seiner erbar-mest."

Damit brachte der Propst sogar noch das Weihwassermädchen zum Piepsen: "Bam Hänn is Bamhäzischkeid un reische Älösung."

Wenn die Ascheberger von klein auf die Religion des Rührlöffels praktiziert hätten, würden sie jetzt mit derselben Frömmelei plappern: "Beim Rührlöffel is Bamhäzischkeid un reische Älösung."

Und wenn der Pfarrer Goldhammer nach der Lesung sagte: "Wort des lebendigen Gottes", würden sie anstimmen: "Lob sei dir, Rührlöffel."

"Zum Zeichen unserer Hoffnung", Pfarrer Goldhammer nieste mit hundert atü einen Schleimzapfen heraus, der ihm an der Nase pendelte und den er ganz nebenbei hurtig abriß, "segne ich diesen toten Leib."

Er sprengte das Weihwasser schamanisch in die Luft, daß es nach geheimer Berechnung in harmonischem Bogen auf den Sarg und die Bukettschleifen herniederprasselte.

Mit letzter Kraft preßte er heraus: "Laßt uns in Stille unserer Schwester gedenken."

Zeit gewinnen, verschnaufen, die Nase wischen, Weihrauchkörner auf die Kohle schaufeln, bis sich die blaugrauen Schwaden kräuseln. Ein weiteres Niesen, ein ganzer Niesstollen ging über die Bühne. Allergie? Kopfgrippe? Alterskrampf?

Der Hähnchenfriedhof ließ das Vaterunser beten, um sich gründlich auszuschneuzen. Dann hatte er noch ein Ave Maria und das Glaubensbekenntnis in der Rückhand und er ließ *Freu dich, erlöste Christenheit* singen, das hatte sieben Strophen, da konnte er sich restaurieren.

Wenn seine Augenschleimhaut mitgespielt hätte. Die wurde nun auch noch allergisch, ein wie es aussah unwiderstehlicher Juckreiz, dem Pfarrer Goldhammer hemmungslos nachgab. Er rieb beide Augen mit masturbatorischer Lust und entstellte sich so für den Rest des Tages.

Gegen Ende entwickelte sich das Glaubensbekenntnis zum Kanon, weil eine Gruppe schneller brabbelte und keine auf die andere hörte. Beim Schwingen des rauchenden

Fasses streifte es der Herr Elsässer manchmal über den Boden, hob es schnell höher, schwenkte es kräftig hin und her, um die Kohle am Glühen zu halten, schwenkte es, bis der Arm müde wurde und Zentimeter für Zentimeter nach unten sank. Es war schon vorauszusehen, noch drei- oder viermal schwang das Faß, Totnan eröffnete ein Wettbüro, *zoiing*.

Bis zum Ende der Feier wird er so mürbe geworden sein, daß er es beim Hinausgehen hinter sich herschleift.

"Meine Seele wartet auf den Herrn mehr als die Wächter auf den Morgen."

Der aufgequollene Pfarrer gab nicht auf. Mit Schimpansenaugen näselte er: "Mehr als die Wächter auf den Morgen soll Israel harren des Herrn."

Pfarrer Goldhammer blätterte in seinem Buch, sah vielleicht alles verschwommen, hielt inne.

"Der Herr sei mit euch."

Die Leute antworteten: "Und mit deinem Rührlöffel."

Die Senfkorn-Schola der Kolpingsfamilie, drei junge Phlegmatiker, sangen: "Brot, Brot, Brot gegen den Tod." Ein beruhigendes Rieseln, dieser liturgische Zimmerspringbrunnen. Bei

den Neuapostolischen wäre der ganze laute Kirchenchor dabei um zu schmettern: "Paradiesss, wie ist deine Frucht so süsss."
Fast schon resigniert blätterte Pfarrer Goldhammer und fing mitten im Satz an: "Besonders für den aus unserer Mitte, der als nächster vor das Angesicht Gottes treten wird."
Was für ein schauderhaftes Gebet. Totnan wartete, daß einer aus der Versammlung augenblicklich umkippte. Zack. Einer mußte ja als nächster.

Pfarrer Goldhammer sprach von einem Hund.
Was will der mit einem Hund?
Völlig durchgedreht, geistliche Überdosis.
Bis Totnan hörte, daß der Schriftgelehrte von einem Bund sprach, von einem Bund, den Gott mit den Menschen geschlossen habe.
Er sprach vom Sichtbaren und vom Unsichtbaren, wenn unsere irdische Hütte abgerissen werde, bekämen wir ein Haus, ein ewiges im Himmel.
Die Bahnkantine war so ein Himmelhaus. Etwas Beständiges im nervösen Videoclip der Stadt. Ein heruntergekommenes Gehöft mit

verwitterten Fensterläden, eine Art Verschlag, aber eine ZUFLUCHT.
Der Weg ging um viele Ecken herum, und wenn man die zweitürige Schleuse genommen hatte, war drinnen alles bereitet. Ein alter hoher Speisesaal, unauffällig geschmückt mit Plakaten, die das Rauchen verboten und zum Trinken aufforderten.
An den Tischen saßen die Festgäste. Die Eisenbahner hatten vorne ihren Stammtisch, die restlichen Besucher kamen von den Zäunen und Sträuchern. Die Polizei war stark vertreten, alleinerziehende Mütter, Taxifahrer, Lehrer, olivgrüne Sackhüpfer von der Bundeswehr, Rentner aus allen Himmelsrichtungen, Hauptvermittler vom Arbeitsamt, Zahntechniker, Kurzfilmer, Automobilinternisten und ein Toilettenpapiervertreter, das sah man auf dem Parkplatz am Caravan, der bis zur Decke mit Klorollen vollgestopft war, 3lagig plus.
Eine Dame vom Kulturamt wurde ausgiebig bestaunt.
Sogar vom *Echo* kamen sie heimlich, mischten sich unters Volk und schauten ihm aufs Maul.
Zwei junge Frauen betreuten ein Baby, die eine fütterte es mit Hörnchenteilen, die andere

schnalzte und röchelte und hampelte vor dem Kind herum und meinte, es damit zu amüsieren. Totnan Weber ging an die 50er-Jahre-Theke mit der klassischen Bahnhofsuhr darüber. Hier kam ihm die Stadt als fürsorgende Mutter entgegen. Sie steckte in einer weißen Kittelschürze und kassierte 6 Mark 10 für die Berner Rolle. "10 Pfennig vielleicht?"
Den Kassenzettel reichte er dem tätowierten Maschinist, der aus silbernen Kesseln und dampfenden Trögen das Menü freundlich schöpfte.

"Gott segne euch, Brüder."
Das war natürlich Achim Tometschko, mit ausgebreiteten Armen schwebte er herein. Manische Locken auf dem Kopf, John-Lennon-Brille, keine unsportliche Figur. Abends wetzte er durch den Strietwald und samstags stieß er Gewichte in die Luft. Er hatte ein Grübchen, das aus seinem Kinn einen kleinen strammen Hintern formte, einen Popo, wie ihn viele Frauen bei Männern *anbeten*.
Achim Tometschko hatte seine Kaplanslizenz nach dreijähriger Depression zurückgegeben,

beim Arbeitsamt einen Unterschlupf als Berufsberater gefunden, hielt Trauerreden für Konfessionslose und speicherte Ideen zu einem Kleinstadtroman auf seinen Disketten.
In einer lebenslustigen Phase hatte er das *Labor* gegründet, um den Kreativen von Ascheberg ein kreatives Umfeld zu schaffen, einen Behälter, aus dem sie Kraft und Inspiration schöpfen konnten. Künstler betrachtete er als Reagenzgläser mit bedeutendem Inhalt, den man in einem *Labor* zu spannenden Experimenten zusammenführen konnte. Achim Tometschko wollte der Menschheit für das dritte Jahrtausend eine Perspektive geben und mit dem *Labor* fing er damit an.
Als er mit seinem Tablett an den Tisch kam, deklamierte er: "Aller Augen warten auf dich, o Braten, du öffnest deine milde Krokette und erfüllest alles, was da lebt, mit Salat."
Tometschko hatte die Linie 2 gewählt, meist vertilgte er anschließend noch die Linie 1. Man muß vertilgen sagen, denn sein Kopf war ein mit Haut überzogener Bagger. Eine Burgunderbraten und Kroketten verarbeitende Dreschmaschine. Alles knirschte und hackte, zerkleinerte und zermalmte. Selbst seine Schläfen kauten.

"Heil und Segen", nahm er jubelnd einen Löffel Suppe zwischenrein. Und gleich ein Stück Braten und gleich eine Krokette in die Soße getunkt. Die Mittagspause drehte ihn mächtig auf.

"Wir werden einen Leseabend veranstalten", kündigte er an.

"Iß erst", sagte Onkel Isidor.

"Einen Leseabend mit Bildern und Musik. Das wird ein Fest, wie es Ascheberg noch nie erlebt hat, ein Überfest. Wir mieten die Stadthalle..."

"Iß erst", sagte Onkel Isidor.

Achim Tometschko rührte in der Nudelsuppe.

"Jetzt wird endlich geklotzt. Das kommt in die *FAZ*, das kommt in die *Süddeutsche*, die Stadthalle wird überfüllt."

"Meinst du wirklich?" Sabine ging rücksichtsvoll auf ihn ein, gab aber zu bedenken: "Das Stadttheater täts vielleicht auch. Ganz davon abgesehen, daß es Atmosphäre hat."

"Nein, jetzt wird geklotzt."

Dabei schlürfte er ein Blatt Salat.

"Wir nehmen Rednerpulte, Lorbeerbäume selbstverständlich, Asparagus", sprach er, "das macht alles die Stadtgärtnerei. Drüben sitzt der Reus, der macht das für mich."

Er winkte dem Gärtner kardinalswürdig zu.
"Isidor, du machst eine musikalische Eröffnung, dann lesen wir abwechselnd knapp, aber gezielt über Leben und Sterben in dieser Stadt."
Von Burgunderbrühe glänzte sein Kinn.
"Dazu werden Bilder projiziert, Bilder, die dem Text entsprechen."
Schon hatte er wieder einen Löffel Suppe eingeführt.
"Die ihn aber auch kontrastieren und neue Zusammenhänge ahnen lassen. Collagen, versteht ihr?"
"Jaja", sagte Sabine.
Auch Totnan nickte gefällig.
Achim Tometschko tötete das Fleisch, bezwang Salatblätter und ertränkte Kroketten in der Suppe.
"Der Artenschutz muß mit vorne dran stehen. Die Meeresschildkröten, die schwarzen Kaimane, die Sinaistörche, die Indianer, das is ganz wichtig. Der Vogelmord, der steht ja an erster Stelle. Da muß ein Infostand her und ein Büchertisch. Das machst du, Sabine. Kraftwerke, Luftverschmutzung, Ozon, da gibts doch genug Bücher."
"Wir dürfen niemand überfordern", sagte Onkel Isidor in seinen leeren Trog hinein.

"Schon. Aber das geht ja alle an. Das geht jeden von uns geht das an. Wir haben die Welt nur geerbt, von unseren Kindern geerbt, so siehts doch aus."
"Trotzdem, wenn zuviele Themen auftauchen, geht bei den Leuten der Rolladen herunter", sagte Sabine.
"Aber der geht auch wieder rauf, wenn wir das überzeugend präsentieren. Da muß eine Plakatwand her, da müssen Flugblätter her, Fotos sind ganz wichtig, Originalschauplätze, verstehste. Videofilme, wir drehen natürlich einen Film."
"Wenn wir die Leute verwirren, bleibt unsere ganze..."
"Schon, aber die müssen wissen, daß wir dahinterstehen. Daß wir voll dahinterstehen. Brüder, das muß voll rüberkommen. Eine einzige Welt, versteht ihr, Nikolaus Cusanus würde das genauso sehen. Die ganze Mystik lebt von diesem Gedanken, wir müssen das nur präsentieren. Aber nicht so amateurhaft alternativ, so gut gemeint und lieb, nein, das Überfest ist fundamentalphilosophisch abgesichert und auf dem neuesten Stand der Wissenschaft."
Da platschte ein Fleisch in die Suppe.

"Ich hab doch Verbindungen. Vielleicht bring ich sogar den Drewermann zur Autogrammstunde. Meinetwegen auch einen Bischof, die sollen ihre Glocken läuten, die sollen Kerzen mitbringen, Mahnwachen, Gedenkminuten, Unterschriftensammlungen, da gibts weißgott genug Möglichkeiten."
"Und zum Schluß blickt keiner mehr durch", bremste Sabine.
"Seh ich gar keine Probleme. Wenn die Aktion um sich greift, kriegt das einen Schwung, wie bei Martin Luther King, da sind wir im Nu Ehrenbürger. Kommt der OB gar nicht drum rum."
Von oben durch den Vorhangspalt ein gezielter Sonnenstrahl, der brachte Tometschkos Ohrfleisch zum Glühen.
"Naja", sagte Sabine unbeeindruckt, "die New-Age-Bewegung gibt es seit 20 Jahren und die haben auch..."
"Schon, aber die sind zerstritten. Da blickt doch keiner mehr durch. Lauter Sekten und Grüppchen und Süppchen. Das *Labor* ist vom Konzept her integrationsfähig. Wenn die Jusos mitmachen wollen, bitteschön, werden sie exhumiert. Oder die Grünen, die Ärzte gegen

Atomkraft, die Kurden, die Solarenergie, kriegt jeder einen Stand."
"Nur langsam", sagte Sabine.
Sie war nicht immer so ein pessimistischer Bremsklotz. Ihrem Bruder legte sie gern Feuer unter den Hintern. Sie *glaubte an sein Talent*, wie man in Biographien oft liest.
"Am Dienstag kommt die Hamm-Brücher in die Buchhandlung, da gehste vorbei und schreibst ein Protokoll."
Das war Sabines Vorstellung von der Arbeit eines Schriftstellers: Protokolle schreiben.

Protokoll: Signierstunde

Die Hildegard Hamm-Brücher kam nachmittags um halb fünf und wurde schon von einigen Rentnern erwartet, die gegenüber vor dem Eduscho ein Protestplakat gegen die Fristenlösung präsentierten. Das Lehrmädchen Andrea sagte nur: "Das sind doch alte Wichser."
"Wer hat denn Zeit", fragte sie und gab sofort die Antwort: "Die Rentner. Entweder sitzen sie beim Dokter oder demonstriern."

"Alte Wichser", wiederholte Frau Adrian und kriegte sich lange nicht mehr.
Hamm-Brücher, die mit dem Stadtrat der FDP die Herschelgasse heraufkam, hat die alten Wichser gar nicht bemerkt, weil die so schamhaft weit weg standen.
Begleitet von einem dezenten Stöhnen zog sie ihren rosagrau gestreiften Blazer aus und hängte ihn über die Lehne des für sie vorgesehenen Bürostuhls. Dabei fiel ihr Blick auf den Blumenstrauß, eine Kompost, Komposition aus Orchideen, Farn und Schleierkraut.
Frau Adrian erklärte: "Den Tisch haben wir extra für Sie abgeräumt." Und stieß ein Lachen aus, wie es allein die Frau Adrian erschallen lassen kann.
Frau Hamm-Brücher schaute sich um, aber da waren nur zwei Gestalten, die sich in die gelben Regale vertieften.
"Soll ich ein paar Exemplare im voraus signieren?" fragte sie, da kam ein äußerst adretter Mann mit himmelblauem V-Ausschnitt und hatte ein Tonband umhängen.
"Ich bin vom Rundfunk, darf ich Ihnen ein paar Fragen stellen?"
Sie straffte ihren weinroten Faltenrock übers Hinterteil, setzte sich auf den federnden Stuhl

und schaute dem Reporter erwartungsvoll ins Gesicht.

"Bitteschön", lächelte sie, "mein Buch ist seit Juni auf dem Markt."

"Was ist das Anliegen Ihres Buches?"

"Ich möchte die Rechte der Abgeordneten stärken." Dabei nahm sie eines ihrer Bücher in die Hand. "Ja, das ist mir ein Herzensanliegen."

"Jeder ist sich selbst der Nächste", kommentierte der Reporter genial und stellte die zweite Frage: "Was war Ihre größte Enttäuschung mit der FDP?"

"Hörn Sie mal", Frau Hamm-Brücher schüttelte die berühmte Silberfrisur, "das sind ja Überfallfragen. Meine größte Enttäuschung..."

"Vielleicht Ihr schönstes Erlebnis", half der Reporter, sein Tonband überprüfend, ob es sich auch im Kreis herum drehte.

"Das war 1970, als die FDP durch meinen Einsatz wieder in den Landtag gekommen ist."

Frau Adrian konnte sich nicht zurückhalten. "Sie haben mir damals an der Haustür ein Röschen überreicht. In Ansbach war doch Ihr Wahlkreis."

"Ach nein", verwunderte sich Frau Hamm-Brücher, "haben Sie damals in Ansbach gewohnt?"
"Nur ein Jahr. Und da haben Sie mir an der Haustür ein Röschen überreicht." Die Frau Adrian lachte derart kajosk, daß es einen Kunden am Psychologieständer umdrehte und analytisch schauen ließ.
Als sich Frau Hamm-Brücher wieder dem Reporter zuwandte, war er schon verschwunden.
"Der stellt Fragen", ergötzte sie sich mitsamt ihrer geschwungenen Frisur, "Ihre größte Enttäuschung, Ihr schönstes Erlebnis... Von welchem Rundfunk war der denn?"
"Radio Pompelmo", antwortete Frau Adrian, "das ist der Ascheberger Lokalsender."
"Was die für Fragen stellen..."
Ein junger Mann mit Hornbrille nahm ein Buch vom Tisch.
"Möchten Sie ein Autogramm?" fragte Frau Hamm-Brücher eifrig.
"Ich wollte erst einmal reinschauen", wehrte der junge Mann höflich ab.
"Ich kann Ihnen auch eine Widmung hineinschreiben", bot sie an und drehte den Signierstift ungeduldig. "Ich kann Sie auch beraten, Der Politiker und sein Gewissen heißt

das eine, das andere heißt Kämpfen für eine demokratische Kultur." Dieses reichte sie dem jungen Mann hinauf. "Mit einem Vorwort von Helmut Schmidt", fügte sie hinzu, "ich schreib Ihnen in beide eine Widmung hinein. Eine persönliche Widmung."

Der Mann mit der Hornbrille begutachtete die Umschläge.

Frau Hamm-Brücher ordnete die zwei Bücherstöße neben der Blumenvase.

"Ich hab auch ein Buch über Theodor Heuss geschrieben."

Sie gab nicht auf, das hatte sie in den letzten 40 Jahren gelernt.

"Ich hab eine Heuss-Stiftung ins Leben gerufen und einen Theodor-Heuss-Preis, das ist nach dem Friedenspreis des deutschen Buchhandels der wichtigste Preis."

Ihre Lippen lächelten, die Zähne glitzerten. Glitzerten wie Lichtgirlanden beim Volksfest, wie winzige Glühbirnchen unter den Fältchen der Oberlippe. Die Fältchen ergaben beim Sprechen einen Schnurrbart, der beim Lachen wieder verschwand. Schon war er wieder da und gleich verschwunden, ein Schnurrbartwackelbildchen.

Wo die Augenbrauen sein sollten, hatte sie schwarze Bögen hingemalt, darunter ein lila Lidschatten mit viel Deckweiß und passend dazu in jedem Ohr eine Perle.
Ein historischer Kopf, sah aus wie ein Holzstiel mit Zuckerwatte.
Frau Rischar vom 1. Stock kam kurz die Showtreppe herunter und betrachtete die Erscheinung mit Wohlgefallen.
Ei, da stürmte eine ganze Mädchengruppe herein, ein Tumult, den der kluge Mann mit der Hornbrille zur Flucht nutzte.
Nachdem die Schülerinnen eine Weile gekichert, getuschelt und gemeckert hatten, schwang sich ein Typ von Nachwuchspolitikerin zur Sprecherin auf.
"Wir wollen unserem Sozialkundelehrer...", Stichwort zum Kichern und Meckern und Sichnachvornekrümmen.
"Wir wollen unserem Sozialkundelehrer ein Buch schenken. Würden Sie eine Widmung hineinschreiben?"
"Aber gern", freute sich Frau Hamm-Brücher.
Eines der Mädchen zog ein mitgebrachtes Buch hervor, irgendein Soziologielexikon.
"Es ist zum Geburtstag", erklärte sie mit leuchtenden Augen.

"Wie heißt euer Lehrer?" fragte Hamm-Brücher gefaßt.
"Herr Götz", kam es von allen Seiten.
Sie lockerte ihr Handgelenk, und Frau Adrian empfahl: "Schreiben Sie: Zu Weihnachten, Ostern und Pfingsten." Und vergaß nicht zu lachen, so daß sich der Psychologe abermals sehr verwunderte.
Der Herr Diekmann goß dem Ehrengast ein Glas Adelholzener Stille Quelle ein mit kaum Kohlensäure drin, damit die Volksvertreterin nicht unverhofft rülpste.
Einer der Demonstranten kam nun herein, trat mutig herzu und machte den Bückling eines Leibeigenen.
"Wenn Sie sich das in einer ruhigen Stunde einmal zu Gemüte führen wollen", sagte er mit noch unterwürfigerem Diener und überreichte ihr eine Broschüre über das Leben.
"Das kenn ich schon", sagte Frau Hamm-Brücher, und der Leibeigene starrte abwechselnd auf das fröhliche Mädchengesicht der Broschüre und auf seine geflochtenen Sandalen.
"Wenn Sie trotzdem in einer stillen Stunde noch einmal...", hielt er ihr das Heftchen traurig hin.

"Ich bin auch dagegen", munterte Hamm-Brücher ihn auf.
Der Leibeigene zog nur verlegen am Reißverschluß seines beigen Blousons und sagte: "Aber die FDP ist dafür."
"Ach ja", hauchte Hamm-Brücher und wandte sich an ein Ehepaar auf der anderen Seite.
"Wir sind schon lange Verehrerinnen von Ihnen", sagte die Ehefrau. Sie hatte ein grünes Kleid an und goldene Schuhe und goldenen Festtagsschmuck am Hals.
"Unsere Tochter hat jetzt Abitur gemacht, sie heißt Ingeborg."
"Dann schreib ich: Für Ingeborg."
"O das wär fabelhaft", sagte die grüne Mutter und ihrem Mann flüsterte sie zu: "Nun fotografier doch mal."
"Ich habe gehört", wandte sie sich wieder an die Berühmte, "daß Sie in München studiert haben und auch mit den Geschwistern Scholl zusammen waren."
"Ja", bestätigte Frau Hamm-Brücher und erzählte, daß sie gerade im Krankenhaus war, als die beiden hingerichtet wurden. Sie hätte auch etwas gegen das Ganze unternehmen wollen, aber ihre Freunde hätten ihr gesagt, sie müsse überleben. Ihr evangelisches Engagement

habe sie später oft nach Israel geführt, was immer eine große Betroffenheit ausgelöst hatte. Sie sei ein bißchen stolz auf die heißen Eisen, die sie angefaßt habe, und ohne ihre Initiative hätten wir heute noch Konfessionsschulen in Bayern.
"Fotografier doch endlich!" zischte die Grüne, weil ihr Mann nur am Objektiv herumfummelte.
Der Leibeigene stand immer noch da.
"Ist es für Sie Leben?"
Frau Hamm-Brücher holte Luft.
"Mensch, fotografier doch!"
Der Mensch blitzte.
Der Leibeigene erlaubte sich eine Präzisierung: "Hat das Embryo eine Seele?"
Frau Hamm-Brücher: "Lesen Sie meine Bücher."
Der Fotograf sagte plötzlich: "Ich schwitz, ich kann nicht hierbleiben so schwitz ich."

"Das trifft genau", sagte Sabine. "Ich würds in die Zeitung bringen."
Totnan schickte sein Protokoll ans *Echo*, aber es wurde nicht gedruckt. Schlimmer noch, es kam nicht einmal eine Antwort.

"Vielleicht ist es auf der Post verlorengegangen", tröstete Sabine.
Totnan schrieb ein neues Protokoll.

Protokoll: Bilanz

Ich werde nie ein Schriftsteller sein.
Ich bin und bleibe ein Stümper und was ich schreibe heißt: Pfusch.

SECHS

Achim Tometschko hatte sich eine große Apfelweinschorle geholt, und schon der erste Schluck schoß den alten Theologen in die Umlaufbahn.

"Brüder, wenn es läuft, wie wir uns das vorstellen, kann auch das Ausland nicht mehr dran vorbei. London, Paris, Rom, die schreiben alle über Ascheberg und übers *Labor*, denn der neue Mensch ist natürlich auch der neue Europäer, der neue Weltbürger. Ich sage nur Oslo."

"Was? Was Oslo..." Onkel Isidor verärgert.

"Oslo", Tometschko betonte das erste O bedeutungsschwer. "Oslo!" schrie er die Schwerfälligen an, "das Nobelkomitee."

Ließ er erst einmal wirken.

"Wir haben keine Konkurrenz, wir kriegen den Friedensnobelpreis *und* den für Literatur."

Sabine schlagfertig: "Vielleicht den Spinnernobelpreis."

"Genau", gab ihr Tometschko unerwartet recht. "Alle Nobelpreisträger waren für andere Leute Spinner."
Laut schluckte er den Gespritzten, um sich noch mehr aufzupeitschen.
"Bei der Verleihung stellen wir unsere Pulte vor den schwedischen König und wiederholen das Überfest für die ganze Welt."
"Und was ziehen wir an?"
Sabines Frage paßte nicht ins feurige Konzept.
"Ringelsöckchen", sagte Onkel Isidor.

Totnans Blick fiel auf den irischgrünen Fetzen neben der Essenskredenz. Ein Vorhang, das Heiligtum zu verhüllen um 2 Uhr p.m., ein verblühter Vorhang, verzogen und schmuddelig, aber der gab ihm alles, was er momentan brauchte, ein heimatliches Gefühl, der wundervolle Drecksvorhang war Ascheberg, solches Zeug rumste in Totnans Kopf zusammen, und er wollte doch wieder Schriftsteller werden. Stracks ging er zur Theke, ob er noch einen großen Gespritzten haben könne.

Tometschko erzählte, er habe seine Kontaktanzeigenfrau getroffen.
Onkel Isidor schnellte nach vorn und spitzte die Borsten.
"Die arbeitet am Obststand von der Citygalerie", sagte Tometschko. "Aus Leipzig. Eine Superfigur, die hat so lange Beine wie die Katrin Krabbe. Aber die sucht nur einen Mann, der sie aus der Ehe rausholt, praktisch Geld sucht die."
"Das wär was für dich." Sabine zu Onkel Isidor.
"Beine wie die Katrin Krabbe?" sagte der, und seine Äuglein funkelten.
Sicher stattete er nach der Kantine sofort der Citygalerie einen Besuch ab, um den Obststand zu überwachen.
Soll er nur sagen: Ich bin 70 und wohne im Schweinheimer Leichenhaus.

Das Schweinheimer Leichenhaus hatte seine eigene Romantik. Auf dem Hexendach drei Schornsteine und ein Glockentürmchen mit grauglänzenden Schieferschindeln. Ein richtiges Kleinod, diese Villa ultima. Zwischen Häuschen und Friedhofsmauer war Platz für einen winzigen Garten mit zwei Beeten und einer Wiese, auf der eine rote Gartenmöbelgarnitur stand und das Skelett eines Sonnenschirms, das Onkel Isidor als Wäschespinne benutzte. Zwei Schildkröten saßen in der Sonne und verbreiteten Gelassenheit.

Wenn Onkel Isidor döste, hörte er, wie Wasser in eine der grünen Plastikgießkannen brooschte, wie Häckelchen auf Grabränder gelegt wurden, er hörte das eintönige Zirpen gelangweilter Vögel und dumpfe Flugzeugmotoren. "Grüß Gott", sagte manchmal eine Stimme, "Grüß Gott", eine andere. Ein Stecken stapfte davon, blieb eine Weile stehen, holte genügend Luft und stapfte weiter. Ein Baby quäkte, als drücke die Erde ein neues Kind heraus, wenn sie ein altes in sich aufgenommen hat. Aus der Stadt hupte jemand zudringlich.

Immer von neuem mußte Totnan die Friedhöfe beschreiben, immer kam ihm etwas anderes bemerkenswert vor.

Protokoll: Schweinheim

In keinem Leichenhaus ist die Aussicht des Organisten schöner als in Schweinheim. Innendrin lauschen vierzehn Weberknechte unbeweglich der Musik - verzückt oder teilnahmslos -, schwarze Sterne auf weißem Putz, Sternbilder gar, und in den Deckenecken Spinnwebnebel, Milchstraßengeschmier.
Begrenzt vom langgezogenen Holzbogen des Beschaugangs geht der Blick des Organisten vorbei an den dunklen Granitsteinzinnen durch das Hauptportal nach draußen. Im Halbrund die Beileidsgäste. Sie stehen wie angewurzelt vor dem herrlichen Ahorn, den immergrünen Lebensbäumen und den impressionistischen Blumentupfern der Gräber. Ein Mäuerchen, eine Hecke, ein Grabmal wie ein kleines Häuschen. Ein anderes sieht aus wie der Eingang eines römischen Tempels, ein anderes wie das Matterhorn. Ganz hinten wieder Ahorn und Birken und die roten Dachziegel der Nachbarschaft.
Aus dem Kranz vorne am Sarg kommt eine Ascheberger Hand, gibt Weihwasser und zieht sich in den Kranz zurück, aus dem sogleich eine andere nachwächst. Je nachdem wie die

Schleifen befestigt sind, sieht man durch das Bullaugengebinde ein Gesicht, ein zufällig ausgewähltes Exemplar der Ascheberger Gattung. Rund gerahmt wie ein Ahnenbild.
Ich kann den Blick nicht wenden von der Leidtragenden, der Schmerz fasziniert mich, das schnelle Scheibenwischerblinzeln, die Lippen, die sie aufeinanderpreßt, die sie in den Mund hineinzieht, auf die sie beißt und durch die sie bibbernde Schluchzer stößt, daß die Wangen schwabbeln. Die Haut ihres Halses krampft sich zusammen, darunter erscheinen Sehnen und Muskelstränge, als würde sie bei lebendigem Leib seziert.
Die Ministranten im Nebenraum juxen und schlagen die Tür auf und zu. Sie klopfen sich gegenseitig auf ihr lautes Meßdienermundwerk, da dringen die Stimmen noch schlimmer durch. Alle paar Minuten hüpft Ossi hinein und schimpft heiser: "Das is jetzt das letzte Mal!"
Ich intoniere die Sehnsuchtsmelodie von Walter Scholz.

"Muß alles in den Roman", sagte Achim Tometschko. "Wenn ich das Sterben beschreibe, bin ich mittendrin."
"Wo mittendrin?"
"Mitten in der Stadt und mitten im Leben."
Einmal ließ sich Tometschko die Haare ganz kurz schneiden und rauchte französische Zigaretten, um Camus ähnlich zu sehen, wie er in der Rowohlt-Monographie abgebildet ist.
Einmal kam er mit einer Umhängetasche aus Leder, wie er es in dem Film über den Schriftsteller Theophilus North gesehen hatte. Der Film lief in der Spätvorstellung der Erlenbacher Kinopassage und hieß: Ein Heiliger wider Willen.
"Zum Überfest bring ich meinen Roman heraus", kündigte Tometschko an.
"Meinst du, das geht so einfach?" fragte Totnan.
"Bruder, da zieh ich mich total zurück, kein Fernsehn, kein Telefon, klostermäßig zieh ich mich da zurück."
Parallel zum Ascheberg-Roman schreibe er an einem Ascheberg-Drehbuch, das ginge an alle Fernsehsender, "das muß flutschen". Im Kopf habe er schon alles ausformuliert, müsse es nur noch niederschreiben.

"Ich zieh mich 14 Tage zurück, dann is die Sache im Kasten."

Es war ein beflügelndes Wetter, biedere Ascheberger studierten die Annoncen von Beate, Babsi und Gabriella, dem gertenschlanken Tangagirl aus Hanau. Im Schöntal saßen Schülerinnen und Rentner gemeinsam auf den Bänken, blühende Magnolien hinter sich und vor sich eine geheimnisträchtige Fassade, das Hotel Pape.

Vor der Brasserie saßen die Anwälte und Internisten und starrten auf die Beine der Mädchen. Selbst Hardware-Experten gerieten in Träumereien und bedauerten, verheiratet zu sein. Sie spielten mit ihren Gedanken und spürten die Wärme in sich aufsteigen, denn in der Luft flimmerte das Wort *Affäre*.

Im Frühjahr wachten sie auf aus ihrem Winterschlaf, blinzelten in die Sonne und waren so leicht zu überrumpeln wie ein aus der Erde gehackter Maulwurf, die jungen Aschebergerinnen.

Weil es so ein anregender Frühling war, schrieb Tometschko einen Frühlingsroman, der folgendermaßen begann: "Der Himmel blau, so blau. Die Erde voller Gier. Stattliche Stadt, du steckst im Startloch der Stimulans. Heraus, ihr Stubenhocker, die Herschelgasse blüht. Der Main ist voller Knospen. Im Gras wachsen Flügel, und die Luft schmeckt nach Fleisch. Anja, ich reiche dir einen Apfel aus Azur."

Das war der Romananfang, und dabei blieb es auch. Tometschko speicherte ihn auf der Diskette mit den anderen Romananfängen, da habe er später genug Ideen für einen ganzen Kleinstadt-*Zyklus*, sagte er, als er mit Totnan Weber vor der Eisdiele Venezia in der Herschelgasse Hof hielt. Sie schmiegten sich in die weißen Plastiksessel und gingen auf in den Farben und Stimmen der Maienzeit.

"Ich will aber Zitrone!" brüllte ein blonder Bub. Sein Muttchen hatte zwei Bällchen im Tütchen, jedenfalls keine Zitrone.

Das kleine Biest setzte seine Brüller gezielt ein, schaute nach jedem Akt in die Runde, wie sie wirkten.

"Vanill und Erdbeer, nein Zitrone und Erdbeer", bestellte der Zwerg.

"Also gut, Zitrone und Erdbeer."

"Lieber Stracciatella, nur Stracciatella."

"Also was willste jetzt?"

"Zitrone und Erdbeer."
"Gut."
"Lieber Vanill, Vanill und Erdbeer."
"Gleich gibts gar nix mehr."
"Nur Vanill."
"Dein letztes Wort?"
"Ja, nur Vanill."
"Zwei Vanill bitte."
"Ich will aber Zitrone."
"Jetzt gibts Vanill."
Vanille mit Brüllsahne.
Doch instinktiv merkte der Tyrann sehr schnell, daß seine laute Hysterie beim Publikum nicht ankam. Das berechnende Biest schaltete um auf wehleidiges Flennen.
"Ich will aber Zitrone."
Armes Hascherl, dem seine Rabenmutter nicht einmal den bescheidensten Wunsch erfüllt.
"Ich will aber Zitrone."
Schluck, ich verlang doch sonst nichts vom Leben.
Das Geschöpf wurde von seiner Mutter beim Uhrenbauer um die Ecke geschleift.
Blöd wie ein Orthopäde glotzte Totnan Weber auf die Wölbungen der Mädchen. Was trugen sie für bemerkenswerte Klamotten: geblümelte Röckchen, schwarze Blusen, rote Minikleider,

bunte Dinger mit Spaghettiträgern und Schlitze. Überall Schlitze.
Eine Minderjährige, dachte Totnan, einmal im Leben eine Minderjährige. Mit kurzem Röckchen und Kniestrümpfen. Besser noch mit Söckchen. Mit weißen Söckchen. In einem *Heftchen* hatte er nämlich gelesen, daß die Schulmädchen zappeln und strampeln und spitze Schreie ausstoßen, wenn es soweit ist.

Ein Englisches Fräulein, das wärs.
Aber dann spielt sie nur katastrophal stümperhaft *Die Träumerei* am Klavier, redet verständnislos über den *Kleinen Prinz*, und du wirst sie niemals zu gewissen Praktiken bewegen können. Nämlich der männliche Trieb, dachte er, das ist ein ganz triebhafter Trieb.
An Mike und Adi dachte er, die nach dem Vorabitur ihre Verbindungen zu den Englischen Fräulein genutzt und die 11. Klasse zu einer Party ins Evangelische Jugendzentrum eingeladen hatten. Ein Jahr jünger, das war genau richtig, und eine mittlere Reife konnte auch nicht schaden.

Schon am frühen Nachmittag kamen die Jungs aus der 12c des Kronberg-Gymnasiums in die Alexandrastraße, der nur für sie reservierte Keller des Jugendzentrums roch nach kaltem Rauch und verschüttetem Bier. Grüne, blaue und vor allem rote Strahler waren strategisch genau plaziert, und die Eierkartons an Decke und Wänden gaben dem Raum, was er brauchte. Bier, Cola und Sprite hatten sie besorgt und jede Menge Kartoffelchips. Die mit Paprika natürlich.

Jochen hatte aus seiner Plattensammlung die schönsten *Samenzieher* auf Band aufgenommen, da konnte nichts schiefgehen. Denn Romantik, das mögen sie, die katholischen Mädchen. Wann würden sie endlich kommen? Und wie, wie würden sie aussehen?

Herr, laß eine für mich dabeisein, war Totnans Stoßgebet.

Seit er eine von den Englischen habe, sagte der Adi, müsse er jeden Tag Eierwein trinken, so wild seien die.

Gleich würden sie kommen, die Wilden aus dem Nonnenbunker, wie das Maria-Ward-Freudenhaus von den Gymnasiasten genannt wurde.

Um halb drei kamen sie alle auf einmal, Totnan dachte, wahrscheinlich sind sie in Zweierreihen direkt von der Schule hierhergelaufen, Marienlieder auf den Lippen. Zu seiner Enttäuschung waren es nur fünf, und es kamen auch keine Nachzügler mehr.

Aber da war eine mit viel schwarzem Haar, die hätte ihm schon gefallen. Da war auch eine Blonde, die hatte sogar Beine vorzuweisen. Eine andere Blonde hatte rote Flecken im Gesicht, was sie erhitzt aussehen ließ und äußerst erotisch wirkte. Der Rest waren zwei geschlechtslose Marias.

Na gut, da durfte man nicht lange fackeln, der Nachmittag gehörte den Entschlossenen. 20 junge attraktive Männer, von den 15 Nieten mal abgesehen stand es 1 gegen 1, keine schlechte Startposition.

Adi und Mike waren natürlich gleich bei den Mädchen, die kicherten und sich ganz albern benahmen, dabei hatten sie in Religion schon Schopenhauer und Nietzsche durchgenommen.

Das weibliche Wesen muß man isolieren, dachte Totnan, wenn man es isoliert, wird es schlagartig zum Mensch. Also es gackert und schnattert nicht mehr. Aber Adi und Mike nahmen alle mit an die Theke und schenkten Pepsicola aus, um sie in einen Rausch zu versetzen. Adi und Mike, die wußten, wie man Hormone in Schwung bringt, die Schweine.

Totnan stand wie so oft bei Anskar, Gerold und Frowin, wie die alle schon hießen, da war Ungemach vorprogrammiert. Da kam es heraus wie die immer von neuem aufbrechenden Pickel in der Kraterlandschaft seines Gesichts.

Totnan, Anskar, Gerold und Frowin, sie standen blöd herum und starrten auf die mit den vielen schwarzen Haaren, die wickelte ihre Strähnen ganz langsam um die Finger. Auf die Blonde mit den roten Flecken starrten sie natürlich ebenso und auf die mit den Beinen.

Die hatte aber auch einen Fetzen am Leib. Ihren kurzen Rock hatte sie in Streifen geschnitten, und wenn sie sich bewegte oder wie jetzt auf dem Barhocker schwebte, sah man einfach ALLES. Jedenfalls was Totnan Weber damals für Alles hielt.

Beine hatte die, zum erstenmal sah er richtige Beine. Nicht so Flaschenwaden wie die Theresia aus seiner Klasse, nicht so spitze Knie wie die Veronika, diese strebsame Schleimerin, und erst recht nicht so Bocksbeutelschenkel wie die Regine Hasenstab von der Fensterreihe. Der

hatte Totnan beim Schulfest mal ein Fischbrötchen spendiert.
Bei den Geschlechtslosen klappt es eben immer, dachte er, da klappt es immer. Aber die mit dem Geschlecht!
Vielleicht hätte er lieber Chemie wiederholen sollen, vielleicht gäbe es morgen in Bio eine Ex, und Totnan nur die Fräulein im Kopf.
"Mach erst die Schule fertig."
Nunun gab gern Ratschläge.
"Dann kannst du Mädchen haben soviele du willst. Aber einen Versager will keine."
Und Ossi stellte ganz einfach fest: "Die Weibsleut schlägst du dir aus dem Kopf, bis du Abitur gemacht hast. Dir läuft keine davon. Dir läuft keine davon."
Manches sagte er gern zweimal.
"Du meinst wohl, du versäumst was. Du versäumst einen feuchten Dreck. Einen feuchten Dreck."

Trotzdem wollte Totnan mit irgendeiner endlich einmal ein bißchen rummachen. In der *Bravo* hatte er nämlich gelesen, wie man sich

benehmen muß, daß sie vor Wonne überschnappt und so.
Auch die schematischen Darstellungen hatte er im Kopf und gegen den Pöbel der anderen Schulen konnte Totnan Weber den Humanismus des Kronberg-Gymnasiums vorweisen, per aspera ad astra, da müßte doch jedes halbwegs gebildete Mädchen in Wallung geraten bei den Gladiatoren der Fasanerie.
Grob zusammengefaßt bestanden Totnans bisherige Lebensphasen in den Wünschen, dicke Kaugummiblasen machen zu können, durch die Finger zu pfeifen, Rauchringe zu fabrizieren und schließlich mit einem Mädchen zum Äußersten zu gehen. In allen Disziplinen erntete er große Debakel.
Aus den Eierkartons sang Christian Anders: Geh nicht vorbei als wär nichts geschehn.
Jawohl, es war viel zu spät um zu lügen. Die roten Lichter waren gedimmt, alles war IDEAL. Geh zu einer hin, sagte sich Totnan, geh einfach zur Blonden oder meinetwegen zur Schwarzen, gleich wird sie abgeholt und von einem strengen Vater in ihr Zimmer gesperrt.
Aber was sollte er sagen. Was sollte ER IHR sagen. Sie kannte ja seine inneren Qualitäten nicht, ahnte nicht, was für ein wertvoller

Mensch sich in diesem derben Gefäß verbarg. Er konnte ihr doch nicht aus einem Hubschrauber Rosenblätter aufs Haus regnen lassen wie der Gunther Sachs auf die Villa von Brigitte Bardot.
If I Had A Hammer, im Flackern der Lichtorgel sah er das Gesicht der Schwarzhaarigen und dachte an Astrid, ein ebenfalls langhaariges Mädchen mit Dunja-Raiter-Augen. Auch Astrid gefiel ihm damals unsterblich, wie sie so dasaß, aber als er ihren Mund kennenlernte, war es vorbei. Aus ihrem Mund kam nämlich ein abstoßender Frammersbacher Dialekt.

Puff, The Magic Dragon, Frowin erzählte, Krankenschwestern sollten so zärtlich sein.
Aber wo und vor allem *wie* hätte Totnan eine Krankenschwester auftun können.
Im Papilljon seien sie jeden Abend, sagte Frowin. Und aus anderen Städten seien sie und einsam würden sie sich hier in Ascheberg fühlen.
Hm, einsam, dachte er, hm, Krankenschwester, fern der Heimat, aber wie sollte Totnan in eine Disco gehn, deren Namen er nicht einmal

richtig aussprechen konnte. Er wäre im *Papilljon* aufgetaucht und hätte den schönsten Schmetterling gefragt: Du bist doch Krankenschwester, oder?
Die hätte nur gedacht, er sei übergeschnappt oder zumindest beduppt, beides keine günstige Voraussetzung für den weiteren Abend.
"Ich geh mal aufs Klo", sagte er zu Frowin, und Frowin ging gleich mit.
Das machte Totnan rappelköpfig, wenn Männer gemeinsam aufs Klo zu müssen meinen. Wenn einer sagt: "Wart, ich geh mit", möchte er schon wieder umkehren. Da hielt er es lieber in der Blase drin, denn wenn einer nebendran stand, kam sowieso kein Tropfen.
Welche Absurdität, dachte Totnan. Du stehst vor dem Becken, starrst auf die animierenden Duftsteine, um die Umwelt samt Nebenmann geistig zu nichten, du meditierst gleichsam, auf daß der Quell des Lebens zügig sprudle, Verwegener, selbst ein Buddhist braucht dazu Jahre.

Come on, baby, light my fire, sang der Feliciano, als Totnan zurückkam, und er wollte

endlich einmal mit irgendeiner irgendwo ein bißchen rummachen.
Seinetwegen sogar mit der Geschlechtslosen, die nun ebenfalls nach draußen ging. Die leichten Schafszüge in ihrem länglichen Gesicht mit dem ausgeprägten Kinn versprachen christliche Reinheit, aber zugleich auch die Geduld und Sanftmut, sich auf dem Altar des Fleisches zu opfern.
Er würde einfach zu ihr rausgehen und sie an sich pressen, Totnan Weber, der Gladiator der Fasanerie.
Aber er preßte nur eine Flasche Heylandsbier an die Lippen.
Frowin indessen bezeugte noch einmal, daß am einfühlsamsten, also wirklich am einfühlsamsten und am allerzärtlichsten die Krankenschwestern seien. Und im Papilljon gäbe es *nur* einsame Schwestern.
Der Presley Elvis raunte: In the Ghetto, jetzt hätte längst alles klar sein müssen. Aber Totnan wurde auf einen Schlag dermaßen damenscheu, daß er an die frische Luft mußte, um sich ein bißchen zu beruhigen.
Da stand der Mike mit der Schwarzen, der Adi mit der Rotgefleckten und - der Gerold. Der

Gerold stand bei den blonden Beinen. Der Gerold! Unfaßbar.

Aber es stellte sich heraus, daß die Blonde mit den Beinen nur Gerolds Kusine war und gerade mit ihm eine Verschwörung gegen ihre Eltern ausgebrütet hatte, der Gerold sollte nämlich sagen, sie sei noch einmal mit zu ihm gegangen, während sie in Wirklichkeit mit dem Reinhard oder Albrecht oder sonstwem, die Schnalle.

Totnan inhalierte die kühle Luft und blies sie kräftig in die beginnende Nacht.

Er ging an der Sandkirche vorbei die Sandgasse hinab durch die Steingasse Richtung Dämmer Steg. Und in Totnans Kopf schrie Drafi Deutscher: Das sind die einsamen Jahre, wenn dich niemand versteht.

Vom Dämmer Steg herab blickte Totnan auf die vielen Gleise und Oberleitungen und Eisenmaste und Signale, sehr beziehungsreich kam ihm das alles vor, die aufeinanderpuffenden Güterwaggons im Rangierbezirk, die gelben Gitter um die Koffer und Kisten auf den Postwägelchen, der auf Gleis 8 einfahrende grüne Personenzug, die Stimme aus den Lautsprechern: Ascheberg Hauptbahnhof, Ascheberg Hauptbahnhof, bitte alle aussteigen, der Zug endet hier.

Das war schon sehr symbolisch.

"So müßte ein Film über die Stadt beginnen", sagte Achim Tometschko, als habe er auch dieses Drehbuch schon im manischen Kopf, "Musik natürlich von den Stengerbuben. Am besten das Lied, mit dem sie jeden ihrer Tanzabende eröffnen: Sei lieb zu mir."
Diese neue Vision hatte ein Belohnung verdient. Tometschko bestellte sich eine Portion Malaga mit Rumrosinen drin, und Totnan einen Eiskaffee ohne Sahne.
Die beiden Nobelpreisträger gafften einer roten Bluse nach, die, da auf einer Seite heruntergerutscht, eine güldene Schulter und einen schwarzen Bikinibändel freigab.
Zur 92er Sommersaison hatte sich Totnan extra Koteletten wachsen lassen, fast bis zum Ohrläppchen. Sein Haarschneider hatte gesagt, sogar der Joop trage wieder Koteletten und die könnten auch Totnans Gesicht markanter machen. Aber freilich, dachte Totnan, jetzt laß ich mir Koteletten wachsen und dann klappt die Sache.

Modellmäßig flanierte ein Mischlingsmädchen vorbei. Boris Beckers Strapsbabs? Tometschkos Hormone gaben ihm zu verstehen, er müsse zu Geld kommen. Vor allem anderen erst einmal zu Geld. Dann läge ihm die Strapsbabs zu Füßen.

"Klavierstunden für unerfüllte Hausfrauen, das wärs doch", sagte Tometschko. Harmonielehre, Improvisationstalent, Spielfreude, da bestünde viel Verlangen. Gäb obendrein Stoff für ein Drehbuch. "Bildung *und* Pornographie, das will der Zuschauer." Und zum Schluß, bevor es ordinär würde, nur der verneinende Finger des Metronoms, klack, klack, klack, klack. "Bundesfilmpreis und Oscarnominierung."

War das nicht die Schöne von den Englischen Fräulein, die gerade ins Grüne Lädchen ging? Wie der Detektiv Argus beäugte Totnan die Entengasse, um die Madonna beim Herauskommen sofort *unter die Lupe* nehmen zu können, aber Tometschko laberte und drang auf ihn ein, daß er nicht mehr wußte, in welche Richtung er schauen sollte und die Schöne verpaßte.

"Wir geben erst mal eine Zeitschrift heraus", sagte Achim Tometschko.

Die nächste Stunde verbrachten sie damit, einen spektakulären Titel zu suchen, es fanden sich aber nur so Worte wie *Sprechblase*, *Poesie-Podium*, *Dialektischer Dialog*, was immer das sein mochte, *Einspruch*, noch besser mit Bindestrich, *Ein-Spruch*.

Kreatiefgarage war kurz der viel belachte Favorit, Untertitel: Verkannt von Funk und Fernsehen.

Tometschko kam das aber bald zu unseriös vor, sein Name sollte später nicht in Verbindung mit einem Schwachsinnswort in den Geschichtsbüchern stehen. Also blieben sie bei *Labor*, daran hatten sie sich gewöhnt.

Ein vorbeistapfender Vamp, oben fast nur schwarze Spitze, unten die Leggins kondomeng um die gefühlsechten Beine. Nur die Schöne kam nicht mehr. War sie für immer verschwunden?

Kurz nach jener Klassenparty hatte Totnan sie am Bahnhof gesehen. Genauer gesagt gegenüber vom Bahnhof vor dem Reisebüro Phoenix. Als sie in seine Richtung schaute, füllte heißer Dampf seinen Körper. Er konnte gerade ein schiefes Hirnschlaglächeln in sein Gesicht fabrizieren. Wie in einer Kitschreklame fing auch sie langsam an zu lächeln, die schöne

Schwarze strahlte geradezu in seine Augen. Der heiße Dampf verteilte sich wohlig im Körper. Nun aber geschah das Ungeheuerliche. Die Schöne kam auf Totnan Weber zu. Ihn überliefen Schauer innen und außen.
"Du bist doch auch im Kronberg", wollte sie wissen.
"Ja", krächzte er.
"Ich hab dich im Jugendzentrum gesehn."
Ihre Stimme war eine frische Quelle unter dunklen Spessarttannen.
"Ah ja."
Nicht 1 gescheites Wort brachte er zustande, so schön und so nah war sie.
"Kannst du mir die Adresse vom Mike besorgen?"

Auf dem Blumenkübel neben der Eis-Venezia hatte eine verwahrloste Mutter mit ihrer kleinen Tochter Platz genommen. Das Mädchen aß eine Bockwurst, die Mutter zündelte sich eine Zigarette an. Das Mädchen biß ins Brötchen und in die Wurst und verzog den Mund.
"Da ist Senf dran."

Mutter: "Hätteste keinen bestellt, wenn du keinen magst."
Mädchen: "Das hab ich vergessen."
Das Mädchen putzte mit der Serviette die Wurst sauber und verschmierte sich dabei die Finger.
"Äh."
Die Mutter zog den Rauch in ihren Mund, dann genußvoll in die Lunge und durch die Nase wieder heraus.
"Wenn ich das nicht find, was ich will, dann kauf ich mir eine Bluse."
Das Mädchen war noch mit dem Senf beschäftigt, verschmierte sich an der verschmierten Serviette, der Senf klebte zwischen den Fingern und auf dem Handrücken.
"Uh, der wird ganz hart."
"Du, ich hol mir ein Fischbrötchen", kündigte die Mutter an. "Bleibst du da sitzen?"
Das Mädchen befand sich augenscheinlich in einer Senftrance.
"Du! Simone! Bleibst du mal da sitzen, ich hol mir ein Fischbrötchen."
Nach einer Weile erschien sie wieder.
"Wo warst du denn?" fragte Simone, und die Mutter antwortete: "Unten in der Nordsee."
Ascheberger Festspiele.

Plötzlich diagnostizierte Achim Tometschko Schluckbeschwerden. Er meinte, den Lähmungsvirus von Joseph Heller in sich zu haben, da seis genauso losgegangen.
In der Übergangszeit gab es die tückischsten Viren. Und es war immer Übergangszeit. Tometschko hatte nie nur einen Frosch im Hals, er hatte gleich den Joseph-Heller-Virus. Er hatte auch nie Schnupfen oder Grippe, bei ihm war es Rippfellentzündung und Nebenhöhlenvorfall. So hob er sich von den ordinären Patienten ab, seine Krankheit machte ihn zum Aristokrat.
Immer etwas zum Lutschen dabei, zur Stärkung des Halses, sagte er, durch den Hals ginge alles in den Körper hinein, der Hals dürfe sich keine Schwäche erlauben. Tometschko kam sogar auf die abstruse Idee, Geschichten zu verfassen, die genau so lang dauerten wie das Lutschen einer Pastille. Er nahm ein *Wick* oder *Rachengold* oder *Nimm 2* in den Mund und fing an zu schreiben, was ihm gerade einfiel oder was er in diesem Moment von der Welt festhalten wollte. Und er hörte auf, wenn sich auf seiner Zunge der letzte Rest verflüssigte. Auf diese Art entstanden die Salbeigeschichte, die Emser-Salz-Geschichte, die Ipalat-Geschichte und das Anis-Fenchel-Fragment. Am gerafftesten war die

Brause-Geschichte, weil die so rasch verschäumte: Sie hieß Elke Depp, keine solide Basis für eine romantische Affäre.

SIEBEN

Drei gewaltige Blaumänner wurden durch die Kantinenschleuse gespült, und dahinter, wie auf Wellen reitend, mit Siegermiene Onkel Isidor. Er hatte etwas Besonderes zu bieten, doch hielt es vorerst dramaturgisch geschickt zurück.
Saß am Nebentisch die Zarah Leander? Die dunkle Brille, die Mumienhaut, das Wunder war geschehn. Sogar die Leander unterstützte das Sozialwerk der Bahn. Mit tiefer Stimme las sie ihrem Begleiter Todesanzeigen vor, der das als Tafelmusik zum Apfelstrudel unbeteiligt hinnahm.
"Alwin Hufnagel, ach du lieber Gott, 36 geborn."
Die Zarah Leander rechnete das Alter aus und war für eine Weile beschäftigt. Dann las sie die Ortschaften vor, die darunterstanden: "Niedernberg, Röllfeld, Amorbach, hm, hm, hm."

Auch bei den anderen Toten rechnete sie das Alter aus.
"54 Jahre, hm, hm, hm."
Und ganz feierlich, als predige sie von der Kanzel: "Rosa Ebert im Namen aller Anverwandten. Ja."
Onkel Isidors Lieblingsausdruck: "Heut stehn wieder die drin, die nicht mehr in die Kaufhalle dürfen."
Achim Tometschko nannte es "die Anzeigen der Sargtouristen".
Während die Leander eintönig rezitierte: "Wenn die Kraft zu Ende geht, ists kein Sterben, ists Erlösung. Jawohl."
Schob die Unterlippe vor, kurze Kaubewegungen, millimeterkleine Hacker im Sekundentakt, so verdaute sie die schwarzen Kästchen.
"Drei Kinder, Sandra, Peter und Nicole, hm, hm, hm."
Und weils auf derselben Seite stand, verkündete sie: "Nette Arzthelferin gesucht."
Wupps, schwappte eine Welle vom Karstadt herein, die Hübsche vom Porzellan und ein Dekorateur oder Schneider oder Maler, der sie jedesmal begleitete. Die Verkäuferin trug mit Vorliebe gebügelte Flanellhosen, aber der heiße

Sommer hatte sie in eine Art Lendenschurz gesteckt, übereinanderlappendes Wildleder, vorne noch kürzer als hinten. Onkel Isidors Augen schwollen.
"Im Traum hatte ich sie fast soweit", erinnerte er sich selig.
Doch am Tag war die Porzellanpuppe unzugänglich, der dekorative Schneidermaler umkreiste sie wie ein Schäferhund, und sie setzten sich immer an einen extra Tisch.
Zwei blasse Elfen trugen ihre Tabletts zurück.
"Die kommen vom Landratsamt", wußte Tometschko, "die können die orangefarbenen Stühle dort nicht mehr vertragen."
Er rülpste engagiert, setzte darauf ein theatralisches Erschrecken, das nach allen Seiten Entschuldigungen folgen ließ, die ein weiterer Rülpser krönte. Der befreite Kaplan, Berufsberater und Beerdigungsredner konnte regelrechte Rülpstürme aus seinem Schlund aufsteigen lassen, Türme, die er mit gotischen Spitzen, Heiligenfiguren und Wasserspeiern verzierte.
Auf Sabine wirkte das fast unheimlich.
"Dein Verhalten macht mir Angst", sagte sie. "Du bist so anders."

Pst, Zarah Leander gab internistische Definitionen: "Demoskopie, das ist Schlauchschlucken. Wenn du Brei kriegst, das ist Röntgen. Und wenn sie dir den Bauch eincremen und mit einer Pistole drüberfahren, das ist Ultraschall."
Anscheinend hatte sich in Zarah Leanders Begleiter die Welt als Magengeschwür eingegraben.
"Meinen Nobelpreis werde ich Musil widmen", sagte Tometschko zusammenhanglos. "Oder Kafka. Der hat ihn auch nie bekommen. Nicht einmal Joyce."
Nicht einmal Sabine interessierte sich für derlei Kundgaben. Sie gähnte eine Marionettenbühne, ihre unteren Zähne waren durch feine Speichelfäden mit den oberen verbunden. Als Kulisse verwendete sie eine grüne Zunge, denn auf Linie 2 gab es Spiegelei mit Spinat. Sogar die Hornhaut ihres Ellenbogens zog ein mürrisches Gesicht.

Als Dessert zog Onkel Isidor eine Liste hervor, auf der er sich für seinen, er zierte sich ein wenig, seinen Stöpsel, er wollte nicht so direkt

damit herausrücken, für seine Manneslust, hatte er sich Namen ausgedacht und zwar mit jedem Buchstaben einen. Stolz präsentierte er sein Opus.
"Da hab ich die ganze Nacht dran gearbeitet", sagte er.
"Ein klassisches Beispiel für sublimierte Altersbrunft", Tometschkos Diagnose. Von der Sommerhitze und vom Apfelwein leuchtete sein Kopf wie eine Martinslaterne. Der Ascheberger Schutzpatron hatte alle Köpfe in Martinslaternen verwandelt, die an ihren Haltestäben wackelten. Großartige Masken, für jeden Völkerkundler ein Himmelsgeschenk.
"Die Namen müßt ihr auswendig lernen", Onkel Isidor baumelte bedenklich, "da könnt ihr bei den Damen brillieren."
Bitteschön: Ast, Bettnässer, Corpus delicti, Diabolus - Tometschko begleitete jedes Wort mit Lachschreien - Einfaltspinsel, Flöte - "Bei dir würd besser Friedhof passen", entschied Totnan unbarmherzig. Er selber nannte den Seinigen Blindschleiche, das sah er realistisch, aber er sehnte die Nacht herbei, die ihn zur Boa constrictor werden ließ. - Geheimagent, Halligalli, Isernichsüß, Jesusmariandjosef, Kavalier - "Da hätt ich mindestens Kanone

erwartet", Tometschkos schreiender Kommentar - Lazarus, Maulwurf, Nothelfer, Ölsardine, Posaune - "Bravo", schlug in Sabine die Musikbegeisterung durch - Quasimodo, Rührlöffel, Schürhaken - "Gib nicht so an", sagte Totnan, "ich denk mehr an Stummelchen, wenns hochkommt: tapferes Schneiderlein." - Tauchsieder, Unhold, Vögelchen, Wasserwerk - "Bei X und Y hatte ich keine Lust mehr, nur noch Z wie Zündkerze", sagte Isidor und bewilligte sich einen Kuemmerling für die Magenspitze.

Hatte das Onkelchen schon immer so gelbe Haare? Verwegen wuchsen sie über die Ohren.

Auf die Frage, wie denn nun sein eigener Storch wohl aussehen möge, gab er an: "Meiner ist drahtig und braun und voller Adern wie ein Turnlehrer."

Einmal brachte Onkel Isidor einen kleinen Plastikpenis auf Füßchen mit, den er aufzog und über den Tisch hoppeln ließ. Von Beate Uhse hatte er sich nämlich ein Überraschungspaket schicken lassen, eine *Kostprobe aus der prickelnden Welt der Erotik*.

Aus dem Paket hopsten noch andere Scherzartikel, ein Bildband *Gestrapst und gestiefelt*, ein Leopardtanga, ein Video mit lüsternen Landmädchen und ein Fläschchen Wollusttropfen.
Am meisten profitierte davon der Radio-Namyslo. Dort kaufte Onkel Isidor einen Videorecorder.

"Und", fragte Totnan, "haste dir im Leopardtanga Landmädchen und Wollusttropfen eingeflößt?"
Das Onkelchen winkte ab.
Entsagend der Welt und all ihrem Gepränge.
Nur ein Stoßseufzer.
O Gott, wir sind keine Menschen, wir sind Schweinheimer.

Totnan Weber fuhr zu Tante Elsbeth. Sie hatte 76. Geburtstag und war zum Kaffeetrinken in die Inselstraße eingeladen. Die Tante wohnte in einem frisch verputzten Häuschen mit Gemüsegarten, in dessen Beeten gelbe

Windrädchen mit dem Opel-Emblem und blaue Fähnchen von VW und Audi steckten. Zwei Betonwinkel hatte sie so aufeinandergesetzt, daß es eine Grotte für die Lourdesmadonna ergab.
"Wart, ich muß grad noch meine Schürze ausziehn", sagte Tante Elsbeth, als Totnan ihr gratuliert hatte. "Setz dich solang in die Küche."
Tante Elsbeth verschwand im Schlafzimmer, eine Schranktür quietschte, ein Kleiderbügel fiel zu Boden.
"O was hatten wir eine schöne Beerdigung am Dienstag bei meiner Kusine", fing sie noch im Schlafzimmer zu singen an. "Sie war Klosterschwester, da haben die Leute so schön mitgebetet, es war so feierlich, iß doch ein Stück Kuchen."
Sie brachte auf einem Pappteller Gesundheitskuchen herein und verschwand im Wohnzimmer, was ihren Erzählfluß nicht stoppte.
"Am Sonntag war ich in Rüdesheim."
Da ging sie aber nicht in die Drosselgaß, da ging sie zuerst in die Antoniuskirche zum blutschwitzenden Heiland. Das sei so eine kleine Goldfigur.
"Däs is so e klää Goldfigürsche."

Der Gesundheitskuchen schmeckte trocken. Tante Elsbeth knöpfte ihre Bluse zu, Totnan fiel an ihrem Hals die blaue Medaille auf und das Faltenfeuerwerk in ihrem Gesicht. Er hatte ihr Kastanienöl für die Blutzirkulation mitgebracht, Tip von Sabine.

Tante Elsbeth gab ihm eine verwurstelte Tonbandcassette, der Pater-Pio-Rosenkranz hatte sich herausgeleiert.

"Ich seh, was ich machen kann." Totnan drehte den heraushängenden Wust vorsichtig hinein.

Inzwischen fädelte sie Schnürsenkel in ihre Schuhe, die uralt aussahen, als seien sie schon 2000 Jahre über die Erde gepilgert.

"Ich hatte in meinem Gehirn ein Gefühl wie lauter Fäden."

Totnan befürchtete ein ausführliches Geburtstags-Bulletin. Warum werden alte Leute immer so episch?

"Da eß ich jetzt rohes Sauerkraut mit Knoblauch drin. Und ich muß sagen" - Wer zwingt dich, Tante Elsbeth - "ich muß sagen, nach vier Wochen war das Gefühl weg. Wie der Apotheker Zeller in der Zeitung war, hat nebendran ein Artikel über Knoblauch gestanden, daß der so gut wär. Gegen Arterienverkalkung, gegen alles."

Da schneidet sie eine große und eine kleine Zehe rein, gibt etwas Distelöl dazu, "schmeckt großartig". Sie ißt auch die becel-Margarine, "ich will doch mal sehn, ob ich mein Leben nicht ein bißchen verlängern kann".

Nun hatte sie ihre Galoschen gebunden und einen Löffel Rauschgift genommen.

"Wenn ich das Gefühl hab, ich bin übersäuert, nehm ich Natrium."

Vor Anstrengung stand Kopfschweiß auf ihrer Stirn.

"Ich muß nochmal schnell verschwinden, ich hab Tee getrunken."

Sogar beim Strullern auf ihrer umhäkelten Klobrille stand das Jubiläumsmundwerk nicht still. Laut erzählte sie von einem 5-Liter-Ballönchen Apfelwein, in dem sich Essigmutter gebildet habe. Sie gebe Magnesium zum Gefäßerweitern dazu, denn "das braucht der alte Mensch".

Die Spülung ging kräftig, und hemmungslos lief Wasser nach. Über Tante Elsbeth müßte ein Riesenprotokoll geschrieben werden.

Sie sagte, sie habe den flotten Otto. Das waren die Worte, mit denen sie den Dünnpfiff bezeichnete: *flotter Otto.* "Immer wenn ich Blutreinigungstee getrunken hab." Sogar beim Zahnarzt bekam sie den flotten Otto.

Auf dem Küchentisch lag die Mappe mit Zeitungsausschnitten vom Pfarrer Hockel. Wie er von der Gemeinde begrüßt wurde, ein Artikel über seinen 50. Geburtstag, über sein Silbernes Priesterjubiläum, über irgendeine Beerdigung, bei der er vor dem Sarg herschritt, und natürlich ein Bericht über den Abschiedsgottesdienst.

Als Tante Elsbeth Totnan blättern sah, sagte sie: "Vom Kardinal Döpfner hab ich auch einen ganzen Ordner." Und Tonbänder vom Pfarrer Hockel seinen Predigten und von einem Vortrag im Martinushaus über die heilige Dreifaltigkeit, drei Cassetten, also wun-der-bar.

Sie hatte auch die Notiz vom Überfall auf den Pfarrer Hockel, als er in seinem Pfarrhaus von zwei jungen Männern, die Geld wollten, zusammengeschlagen wurde. Eine Täterbeschreibung konnte er nicht geben, weil sie ihm die Brille vom Gesicht geflatscht hatten.

Geweihte Finger hätte er gehabt, der Pfarrer Hockel. Sie habe seine Hand lange festgehalten, sagte sie, und habe den lebendigen Strom gespürt aus der Hand Jesu, die er den Aposteln aufgelegt habe und diese wieder ihren Nachfolgern in ununterbrochener Reihenfolge bis zum Pfarrer Hockel.

Onkel Isidor redete nur von Tante Elsbeths katholisch süßer Tour.
"Wenn sie krank war und nicht zur Kirche konnte, dann gings nach dem Zusammenläuten gings dann los: Jetzt fängt die Orgel an zu spielen, jetzt liest er die Lesung, jetzt kommt Wasser und Wein an den Altar, jetzt singt er die Präfation, jetzt dauerts nicht mehr lang bis zur Wandlung, schon hats geläutet, und die Elsbeth sich auf die Brust geklopft und die Augen verdreht und das Vaterunser mitgebetet und die geistige Kommunion empfangen und dabei *O Herr ich bin nicht würdig* gesungen, mit viel Vibrato, das jagt mir wenn ich dran denk die Gänsehaut rauf und runter. Dann hat sie sich fünf Minuten bekreuzigt, damit sie auch ja genau wenn der Pfarrer Hockel den Segen gibt, daheim das Kreuzzeichen macht, das mußte auf die Sekunde hinhauen, die hat sich wirklich fünf

Minuten nur bekreuzigt, am liebsten hätt ich einen Exorzist geholt."

"Wenn geweihte Glocken läuten", sagte Tante Elsbeth, "dann kommt mir der Klang wie Strahlen vor, die alles Schädliche vertreiben, soweit man sie hört."
Sie nickte ihren Worten kräftig hinterher.
"Ja, so ein Kirchturm macht die ganze Stadt heilig."
Auf dieses Wort begann Maria Geburt zu läuten, Schweinheim wurde zum Heiligen Land. Die wunderliche Tante war ein Fenster in ein anderes Jahrhundert, in eine andere Welt. Sie nahm noch einen Schluck Calcium, weil ihr Mund so trocken war, dann gings endlich ins Auto.

"Vor einem Jahr ist mein Zwillingsbruder gestorben", erzählte sie beim Einsteigen, "ich muß mich ja anschnallen."

Sie tastete nach dem Gurt, zog ihn über die Brust, ließ ihn einschnappen und drückte ihn von sich, um ihr Kleid nicht zu knittern.
"Mein Bruder ist einen Tag nach seinem Geburtstag gestorben. Ich seh ihn vor mir liegen, da werd ich ganz nachdenklich."
Tante Elsbeth schwieg nun eine Weile.
"Da ist letzte Woche ein Mann vom Dach gestürzt", deutete sie plötzlich auf den Gehsteig. "Erst 33 war er. Ein Zimmermann aus Neuhütten. Ich bin gleich her, da war noch eine Blutlache auf dem Pflaster, Genickbruch, schlimm."
Tante Elsbeth schwieg wieder eine Weile.
"Aber schnell", sagte sie, als die Ampel beim alten Krankenhaus auf gelb schaltete, dann erzählte sie, daß ihre Tante immer gesagt habe, mit der Seele sei es so, wie wenn man sage, man könne aus der Haut fahren, dann läge nur noch die Haut da, die sterbliche Hülle, und die Seele sei herausgefahren.
"Das muß ja so sein", sagte sie, "die Seele muß ja raus, sie ist ja nicht mehr drin."
Tante Elsbeth überdachte diesen Satz und fuhr fort: "Wenn man aus der Haut fahren möchte, das ist ein Vorgeschmack auf die Ewigkeit, so eine Sehnsucht, gell."

Auch diesen Satz überdachte sie, preßte die Lippen aufeinander und nickte langsam, indem sie mit dem Schwingen des Autos die Schwingungen des Universums aufnahm.
"Aber ich hab doch Angst", sagte sie, "an jedem Geburtstag mehr."

Beim Einbiegen in die Weißenburgerstraße erzählte Tante Elsbeth, daß sie auch in Straßburg war, eine Seniorenfahrt für 58 Mark mit Mittagessen.
"Jetzt muß ich überlegen", überlegte sie, "Kiel liegt am Meer, Kehl liegt am Rhein, so merk ich mir das, über Kehl sind wir gefahren, also wunderbar. Da ist schon wieder was passiert", kommentierte sie eine Baustelle in der Schillerstraße.
Am Dreifaltigkeitssonntag sei auch etwas Furchtbares passiert. Ein Mann habe an der Kommunionbank eine Kniebeuge gemacht, in dem Moment sei eine Frau über dessen Bein gestolpert, Oberschenkelhals, nach zwei Wochen Embolie, aus.
"Was paß ich auf", sagte Tante Elsbeth und nahm den Faden wieder auf: "Mittags gabs

Nudeln soviel wir wollten, aber ich eß nur wenig, das drückt mich so."

Nach dem Essen besuchten sie das Europaparlament, waren im Sitzungssaal der CSU, da dachte sie gleich an die Ursula Schleicher, und schon hätts auch der Führer erwähnt. In Gent sei sie auch schon gewesen. "Nicht Genf. Gent."

Der Gent sei eine Kathedrale, aber er stehe unter städtischem Regime, obwohl er eine Kathedrale sei.

"Der Altar ist ein großes Scheunentor. Die Anbetung des Lammes. Da spritzt das Blut heraus wie die Eucharistie. Ich kanns manchmal in meinem Kopf nicht fassen, was es für schöne Sachen gibt."

ACHT

Totnan hatte sie gut in der Inselstraße abgeliefert und fuhr noch einmal weg. Den Geburtstagskaffee wollte er sich ersparen. Er schrieb nur kurz in sein Protokollheft, der Tag sei eine Torte und Tante Elsbeth verziere ihn mit Buttercreme aus ihrer religiösen Spritzpistole.

Wenn andere reden, machen wir Musik: Pompelmo.

Beim Starten ging gleich das Radio mit an.

Hatte nie eine glückliche Hand für Kinder, die Tante Elsbeth. Mit Sabine auf der Schulter stürzte sie die Treppe hinab, mit Totnan im Kinderwagen rannte sie so schnell und bremste so abrupt, daß der arme Bub nach vorn flog und in die Straße biß.

Tatata Kniiichelmann, dadadam, das Haus der Fuuußgesundheit. Wenn Sie sich auf der Pompelmo-Showbühne präsentieren wollen, verlangen Sie Frau Kurt.

Totnan Weber schaltete vom Ascheberger Lokalsender auf Bayern 2. Da lief ein Vortrag über Deja-vu und Masken. Claude Levi-Strauss wurde erwähnt, Initiation, Beschneidung, rituelle Tänze. Archetypen und Motive wurden über Kontinente hinweg transportiert.
Leck mich am Buckel.
Das war der Schulfunk am Nachmittag.
Nun kam eine Sendung über Madrigale. Totnan schaltete wieder ins Pompelmoland. In die Pompelmo-Nachrichten-Zentrale. Im Würzburger Nautilusbad ist ein Kind ertrunken, im sogenannten Erlebnisbecken. In Jugoslawien die Fronten erneut verhärtet. Computervirus Michelangelo, gestern noch in Argentinien, heute schon im Pompelmoland 6000 Kundenadressen gelöscht. Zum Nachrichtenfinale machte der Mut spendende Name Schalck-Golodkowski die Meldungen fett.
Die aktuelle Pompelmotemperatur, heute von der Sparkasse Obernburg-Miltenberg: 23 Grad. Zwitscher zwitscher. Das ist ein Gartenrotschwanz. Zwitscher. Er wohnt in einem Kunkel-Apfelwein-Apfelbaum. Die genaue Uhrzeit von Ihrem Möbelzentrum Spessart: 16 Uhr 34, 4 Minuten nach halb fünf.

"Mehr als Klassenerhalt *is* möglich", sagte der Trainer.
Eine fundamentalphilosophische Menschheitsanalyse und gleichzeitige Evolutionsperspektive, hat ers bewußt herausgewürgt oder nur so ins Mikrofon gefaselt?
Beschwingt und heiter geht es weiter.
Na also.

Zuerst zum Bahnhof zwecks Einverleibung amerikanischer Hackfleischkuriositäten. Beliebter Rastplatz, bei der Güterabfertigung. Totnan mampfte in seinem Käfer. Im Happy McDonald zu sitzen, schämte er sich. Am Parkplatz war auch mehr geboten.
Ein Caravan mit weißen und rosanen Hochzeitsbändern an der Pompelmoantenne. Ein 7,5-Tonner mit skandinavischer Wohnkultur. Ein schwarzer GTI, eine einzige Lautsprecherbox für Schlagzeug und Baß. Die Autositze glänzten rot wie innere Organe.
Die Spedition Helmstetter stieß rückwärts an die Rampe, der Fahrer hieß JACKEL, aus seinem Fenster blies eine Blasmusi. Gleichgültig, direkt apathisch trug der Jackel ein Paket an den

Schalter. Durch die offenen Tore beobachtete Totnan die Lagerarbeiter bei ihren Verrichtungen. Wie friedliche Zootiere kurbelten sie gemächlich am Defizit der Eisenbahn.

Eine Kröte hatte Totnan bereits vertilgt, nun kroch die nächste aus ihrem glatten Papier. Der Dollack von der Kissel-Spedition könnte endlich seinen Motor abstellen, der Stinker.

Ein Auffahrunfall in der Ludwigstraße, und die Miliz kam und kam nicht. Nur Feierabendfurzer und geschwollene Stadtbusse. Kunzmann, die neue Service-Dimension. Ein roter Bahnbus, der hefner-Moden kutschierte, hinter einem Alkoholwerber, auf dem fünfmal schlicht Binding-Bier stand.

Wie die *Pompelmo* ausprechen, kann es nur groß geschrieben werden, Radio wird zum Erlebnis: mit POMPELMO! Jawohl, wir bringen Sonne in Ihren Tag. Die Wassertemperatur von der Firma Meixner. Totnan Weber schmatzte.

Aus einer grünen Rostschüssel (Polo SL) stieg eine Dame, bombig zurechtgemacht, *solche* Ohrenclips, *solche* Krallen, verschwand im Kentucky Fried Chicken. Vielleicht wollte sie

ins danebenliegende Braut-Atelier und hatte den Eingang verwechselt, wer weiß.
Vom Bahnhof her mit Koffern, Tüten und Mappen bog ein Schwung Zugleute um die Ecke, sicher aus Frankfurt, wurden von ihren Lebensgefährten, Freundinnen, Bekannten und Komplizen abgeholt. Am Innenrückspiegel bommelte flauschiges Bommelzeug, Gepäck auf den Rücksitz, Küßchen, rein in den Gurt und rengdengdeng rrrr. Blink blink blink, brrrrrrr. Freie Fahrt und stets gute Sicht wünscht Optik Maiwald.
Fünf Schüler schrebelten lustlos übers Pflaster. Der Kleinste grölte: "I am sailing." Brachte fast eine Fahrradfahrerin zu Fall, die mit blauem Rucksack vorbeiflitzte. Sie drehte sich vorwurfsvoll um, das hätte sie nicht tun sollen. Aber das Mäuerchen blieb unversehrt.

Langer Donnerstag, da konnte noch viel passieren. Heißer Sand und ein verlorenes Land und ein Leben in Gefahr. Totnan fuhr am Unfall vorbei, bog in die kurze Kolpingstraße, durch das Supermarkts-, Gerichts- und Bankenviertel, setzte den Blinker zur Luitpoldstraße, vorbei an der Kulturvollzugsanstalt (ein Stadthallen-eröffnungsbesucher: "Der schönste Flugzeugträger, den ich je gesehen hab."), zwischen Schloß und Finanzamt suchte er einen freien Parkplatz.

Was bietet der Top-Teppich-Tapeten-Supermarkt?

Was wird er wohl bieten; Teppiche und Tapeten, und zwar die stärksten der Welt. Nirgends ein freier Parkingplace. Neue Runde, neues Glück. Parkplätze sind ausreichend vorhanden in Leidersbach, dem Zentrum der Bekleidung. Totnan schlug das Pompelmo aus.

Fuhr zum Main hinunter und parkte seinen Käfer in der Suizidpromenade. Die schönen schiefen Treppen zum Schloß hinauf, bei den Kastanien blieb Totnan stehen und nahm Witterung auf. Wohin soll ich mich wenden, wenn Gram und Schmerz mich drücken? Es zog ihn nicht in das *Erlebniscenter* der Citygalerie mit den 4 Kaufhäusern und 50 Geschäften. Immer war dort irgendwas los, das *bayrische Cowgirl* schrieb stundenlang *Nicki* auf Postkarten, der Entfesselungskünstler Moretti entfesselte einen Judasschnitzer aus Oberammergau und ein Weltmeister der Mental-

magie hypnotisierte die Kundschaft: Kauft Brokatdeckchen!
Sogar Reza, das perfekte Double von Michael Jackson, Reza, der schon in Berlin für Furore sorgte, zappelte in der berühmten Citygalerie.
Immer war dort noch irgendwas ausgestellt, Steine, Briefmarken oder das Lebenswerk der Käthe Kruse, immer dotzten Kinder auf Trampolins und wurden im Kettenkarussell aufgehängt. Es gab sogar Palmen, Wasserfälle und T-shirts von Cambridge, Ucla, Oxford und Pasadena. Wenn sich im Kopf nichts mehr tat, konnte man immer noch Sweatshirts kaufen mit der Aufschrift *esprit*.
An der Citygalerie waren jede Menge Leuchtreklamen, innen und außen. Dabei hätte eine genügt. Oben auf dem Dach eine große Schrift, wie sie über den Kirchen und Banken steht: Geld her!

Protokoll: Wiedervereinigung

Weil sich der schwarzrotgoldene Vorhang ein bißchen verschoben hatte, sah man schon ein

Stück der Styropormauer, die um 0 Uhr fallen sollte. Wie schon die Wall in Pompeji, in Paris und Berlin, nun auch in Ascheberg zum Silvester der deutschen Teilung.
Vor der also nur notdürftig verhüllten Mauer die Showbühne des Werbesenders Pompelmo, aufgebaut von der Werbegemeinschaft, live übertragen in die Stadt und den Landkreis ein Boogie Woogie der Tanzschule Brunner, 50er Jahre, Wiederaufbau, Lebensfreude, die junge Carmen Brunner schnickte ihren Rumpf wie die Mutter. Wie die Mutter! Viele haben ja noch die Oma als Tanzstundenlückenbüßerin erlebt. Hier in Carmen Brunner bündelten sich Tanzgene aus Generationen und ließen sie in rhythmische Zuckungen verfallen, ließen die Hände flattern und das glänzende Gesicht immer zum Publikum rucken. Meine Damen und Herren, Carmen Brunner!
Drei unseriöse Männergestalten mit Hüten und langen Mänteln symbolisierten den Schwarzmarkt, schlichen stummfilmhaft verschlagen über die Bühne, näherten sich einander verschwörerisch und äugten sich mißtrauisch über die Schulter. Dazu sprach ein Pastorähnlicher am nationalfarbigen Pult historische Worte, ein Tonband mit etwas

Adenauerartigem wurde eingeblendet, und die Schwarzhändler erstarrten zu blau angeleuchteten Statuen wie schon vorher die Trümmerfrauen in ihren beeindruckenden Kostümen.

Diese kalte Schauhausatmosphäre erlösten die beiden weinroten Moderatoren, die auf ihre Karteikärtchen schielten und locker über eine Vergangenheit plauderten, die sie nicht selbst erlebt hatten. Aber der lange Moderator fixierte gern einen Zuschauer in der ersten Bankreihe: "Können Sie sich noch erinnern?"

Was blieb dem Gebrechlichen anderes übrig als zu nicken.

"Sie sind mein Zeitzeuge", beschwor ihn der Lange und fragte neckisch: "Damals auch Kartoffelschnaps getrunken?"

Jawohl, damals auch Kartoffelschnaps getrunken, nickte der Alkoholiker.

Der kurze Moderator gätzte dazwischen mit einer Blechstimme, die das Mischpult mit viel Höhen in die Kabel speiste. Die Mode-Toren (Tometschkos Geistesblitz) wirkten wie auf drehbaren Ellipsen, sie umkreisten einander von unsichtbaren Kräften hin- und hergeschoben auf wunderbare Weise. Nur der Mann am Verfolger konnte sich nicht entscheiden, wem der beiden

Weinroten er seinen Sonnenkegel gewähren sollte, also stand der im Dunkeln, der gerade sprach und die Windischmänner ansagte, die sich auf der oberen Plattform neben dem Wurststand plaziert hatten und Glenn Miller zum Besten gaben.

Der lange Moderator telefonierte inzwischen mit der Sendeleitung, damit alle sahen, wie professionell er agierte.

Diejenigen, die sich für die Zerrmonie auf der Bühne interessierten und auf ihren Biertischbänken ausharrten, wurden ständig von einem Corso von Schlachtenbummlern umkreist, die sich mehr für Jux und Fez erwärmten, Sektflaschen und Weizenbiergläser herumgehen ließen, Bekannte begrüßten und Unbekannten zuprosteten, besonders den unbekannten Häschen, weil sie auf die ansteckende und anregende Kraft der Vereinigung hofften, fort und immerfort in einer Tour war die Pompelmoshow von einem erotisch-animalischen Summen und Brummeln und Klirren umgeben.

Am seitlichen Bühnenrand entstand ein Tumult, ein Messerschmidt-Kabinenroller tuckerte auf die Balustrade und eine Isetta im blauen Abgasschaum, dem die Venus von Brunner entstieg und mit den Händen flatterte.

Der Blechtorero gätzte nun sehr überschwenglich, während die beiden Luftverpester über die Rampe zurückgeschoben wurden.
"Wollt ihr den totalen Twist?"
So ähnlich schepperte es, und die Carmen Brunner wurde samt rotem Rock durch die Luft geschleudert, daß man für Momente ihre imposanten Oberschenkel verschlingen konnte.
Das dadurch aufgepeitschte Publikum forderte triebhaft Zugaben.
Aber es kam nur eine runde Dame vom Imbißstand und wollte ihre Biergläser zurückhaben. Sie habe keine Biergläser mehr.
Der lange Moderator legte den Arm um sie und machte ihr Komplimente.
"Es gibt kein Bier mehr", war noch trotzig zu hören, schon rief der Kurze den Rocco Granada aus Ascheberg auf, einen 50jährigen Musikkünstler mit Gitarre und langem Zopf und Marina Marina Marina.
Der Pastor sprach etwas von Kennedy, Kubakrise und Mondlandung, von der wiederum das Ami-Geknorpel der NASA eingespielt wurde. Gab ein historisches Gefühl, und aus dem Weltraumbühnennebel tanzten drei Astronauten mit aluverpackten Bücherranzen auf den Buckeln.

Ein weiterer Deutscher durfte nicht fehlen, Drafi, in dieser Jahrhundertnacht dargestellt von Peter Raffael.
"Nimm den goldenen Ring von mir", sang er ausgereift und streckte seinen Ringfing ins Publikum, dam dam.
Weltmeisterschaften wurden eingeblendet, Tor für Deutschland, aber unsere Liebe nicht, dam dam.
Der Kurze prophezeite präzise: "Noch 1 Stunde und 25 Minuten bis zur Wiedervereinigung!"
Da traf es sich passend, daß eine Vespa auf die Empore geschubst wurde, hinten drauf die flatternde Carmen Brunner.
Einer rief launig: "Ausziehn", und die Windischmänner spielten Help. Ganz kurz erschien sogar Twiggy, bevor der professionelle Modertor die frohe Botschaft verkündete: "Der Freddy Breck ist im Moment eingetroffen. Er wird nun von der Kopfdesignfirma Kerz rundumsaniert und gleich hier auf der Pompelmoshowbühne aufmarschieren."
Der Pastor überbrückte mit Schahdemonstration, Benno Ohnesorg, Dutschke und Springer, und der Kurze improvisierte mit einem Original-Stein aus der Original-Berliner-Mauer, er schwadronierte sogar von einer Versteigerung

für einen sogar guten Zweck, und zur weiteren Überbrückung tauchte aus der Geradenoch-DDR der bekannte Olaf Berger auf, der erst vor ein paar Tagen von Dieter Thomas Heck die Goldene Stimmritze verliehen bekommen hatte. Als er singen wollte, lief das mysteriöse Playback rückwärts.
"Wie im Osten", kommentierte er lässig und verschwand aus dem Jahrhundertereignis.
Nach 45jähriger Trennung war die Zeitreise nun endlich bei Freddy Breck angekommen. Der Herzensbrecher bestieg das Mahnmal und zauberte seinen berühmten Schunkelwalzer aus dem füllig gewordenen Gesicht: Rote Rosen, rote Rosen, und die ewigen Boten der Liebe wurden von fast metaphysischen Pompelmoweibchen wortwörtlich auf die Bühne gewuchtet. Bündelweise rote Riesenrosen, mit denen Freddy Breck das Publikum spickte, ein Publikum, das sich nach draußen drängelte, um das angekündigte Jahrhundertfeuerwerk nicht zu versäumen. Bevor aber die neue Epoche in Frieden und Freiheit anhob, blieb dem Star noch Zeit zu bekennen, er werde auch in Zukunft dem deutschen Schlager treu bleiben und auf deutschem Boden vor deutschem Publikum deutsche Lieder singen.

Da fiel die Mauer um, da fielen schwarze Luftballons von der Decke, gelbe und rote, spontan wurde eine Fahne geschwenkt und die Teilung überwunden. Die Glücksglocken der Stiftsbasilika läuteten die neue Zeit ein, nur das Jubelfeuerwerk auf dem Dach der Galerie wollte nicht steigen. Ein Luftheuler heulte erbärmlich.
Ein treuherziger Ascheberger wollte einigen Aschebergerinnen um den Hals fallen, ganz improvisiert und locker, wie er es am Tag der Maueröffnung im Fernsehn erlebt hatte, genauso schwenkte er Sektfahne und -flasche, doch er wurde empört und energisch zurückgestoßen.
"Was wollt ihr denn, es is doch Einheit", motzte er noch, da kam die Erlösung. Mit 20 Minuten Verspätung gingen sie hoch, die Böller und die Kracher, das Einkaufszentrum zischte und stöhnte und knatterte und schrie und ejakulierte bunte Funken in den gesamtdeutschen Einkaufshimmel.

Totnan Weber zog es in die Herschelgasse.
Der lange Donnerstag hatte viele Wallfahrer angezogen, denn die Herschelgasse war das Hauptschiff der Ascheberger Kathedrale. Sie

führte hinauf ins Allerheiligste des Herstallturms, den niemand betreten durfte. Barg der Turm ein Geheimnis, gar einen Schatz? Die Kronjuwelen der Fürstbischöfe? Die Qumranrollen? Hieroglyphen mit klarer Antwort auf die Frage nach dem Sinn des Lebens oder war er nur bis oben vollgestopft mit Zeitungsfotos von Bürgermeister und Landrat?

Wenn nicht gleich ein Neubau hingeklotzt wurde, waren die alten Prachthäuser der Herschelgasse in die Höhe gebockt und da, wo sich vorher das Erdgeschoß befand, glänzten gläserne Läden, Spiegel und Lichter.

"So sind es die Leute von den Großstädten gewohnt", sagte Sabine, "jedes Kaff eine Metropole."

Achim Tometschko tippte in seinen Computer: "Da denkste, du bist in der Provinz, die Kleinstadt döst in den Sommer, dann wird endlich wieder eine vergewaltigt, einer erstochen oder ein Rauschgifttoter liegt im Schöntal, toll, wir sind mittendrin im großen Remmidemmi."

Andächtig stand Totnan Weber vor den Schreinen und betrachtete die ausgestellten Bibelbücher. Die Buchhandlung Diekmann war ein beliebter Treffpunkt für geistig regsame Menschen, und die Damen und Herren vom Personal behandelten einen mit freundlicher Eleganz, wenn man ihnen hin und wieder ein Schmankerl zusteckte.
In der Mitte des Raumes standen Bücherwaggons, die dem Kunden den Fluchtweg blockierten und ihn mit der Nase auf die Neuerscheinungen stießen.
"Es ist ja so ein Verdrängungswettbewerb, gerade im Kochbuchbereich", schnappte Totnan auf.
Sabine war nicht da, die hatte sich den Nachmittag frei genommen, um zum Geburtstagskaffee einen Frankfurter Kranz zu backen. Tante Elsbeths Lieblingskuchen, aber die Tante hatte nicht mehr den Nerv, ihn selber in drei Etagen zu schneiden und mit Buttercreme zu füllen, seit sie beim letztenmal ein Riesengebröckel veranstaltet hatte.
Auf Tapeziertischen vor der Buchhandlung lagen Sonderangebote. Totnan Weber ließ die Buchtitel durch sein Hirn ziehen. *Figurenzeichnen leicht gemacht*, *Das große*

Rätsellexikon, *Das sexuelle Erleben*, ach ja - - , da mußte er schon blättern.
Liebe sei ein Chemotropismus der Keimzellen, stand da zu lesen, aber das brachte ihn auch nicht weiter. *Der Keller optimal genutzt*, was gabs für Zeug, *Das versunkene Hellas*, im Schaufensterglas spiegelten sich die Pilger, die einen gingen rauf, andere gingen runter, manche blieben stehn oder gingen einfach quer, gingen hin und her.
Ascheberg erschien ihm als Spiegelkabinett, die Pilger vervielfachten sich, Wortfetzen drangen an sein Ohr, Mensch, du lebst ja auch noch. Ein Forte maestoso. Jetzt gibts eine Limo, und dann will ich nichts mehr hörn. Kontrapunkt des lyrischen Soprans. Prallgefüllte Alessandrotüte von einer Hand in die andere, Martin, geh anständig!
Totnans Zerrspiegel verschob und zerriß die Gesichter, nur noch Münder, con moto: Die würde Ihnen auch gefallen, geigte die Streichergruppe, Is gar nicht wahr es waren mehr, eine Harfenraffinesse, gefolgt vom Piano der Querflöte: Und was meint die Anneliese?
Die Gestalten klapperdürr oder breitgequetscht, Goldberg-Variationen, Wenn die Mama sagt Nein ist das Nein! Spiegelherschelkabinett, die

Leute wollten raus und stießen nur ans eigene Bild.
Gehste mit in die City?
Ich muß erst noch zum Wollwort.
Saubere Stimmenführung, sollten vertont werden, die Fußgängerfetzen. Asche zu Asche, eine Ascheberger Oper, dämonisch wie ein langer Donnerstag. Wie das Leben so spielt.
Auch ein passender Titel: Wie das Leben so spielt. Das Leben, ein geistesgestörter Sadist, klappt den Stadtplan von Ascheberg auf, würfelt und läßt die Frauchen und Männchen herumschwirren. Und weil das allweil so komische Konstellationen ergibt, wird blöd gelacht und auf die Stadt heruntergespuckt. Wie das Leben so spielt.

"Einen Ehrentreffer erzielen."
Das verstand Sabine als Aufgabe ihres Lebens.
"Du wirst verlieren, aber du kannst gegen den Tod einen Ehrentreffer erzielen."

Ein Pärchen wurde Hand in Hand aus der Steingasse geführt. Die Moritat des Mannes: "Weißt du, daß ich dir mal was sagen wollte, was ich schon lange..."
Vergangen, vergessen, vorüber.
Stand er vor einem Heiratsantrag? Vor dem Schlußmachen? Wollte er einen großen Coup landen oder fühlte er nur den Tod herannahen? Vielleicht wollte er ein Kind von ihr. Ascheberger Geheimnisse, schillernde Menschheitsrätsel, die Stimmen der Stadt, alle in Totnan Webers Kopp.
Heiland Schottland! Viktoria sollen die heißen? Da paßt nur Verloria.
Totnan schriebs in sein Protokoll.
Der is so gescheit, daß er schon wieder blöd is.
Züngelte ihm da der Weltgeist ins Ohr? Eine Gasse voller Musen, voller Souffleusen, voller Grazien. Totnan so berauscht, daß er sogar die Läden notierte: Yves *Rocher*, *Ernesto*, *ilany*. Dagegen klangen die Namen von traditionellen Geschäften fast obszön: Pattloch, Immerschitt, Samenstange. Aber auch wohlig warm wie der Schoß einer dicken Oma.

Vor dem *Yves Rocher* drehte am Sonnenbrillenständer eine besondere Nymphe. In einem kriminell heißen Jeanshöschen und obendrüber die kupferfarbene Seide auch verdammt luftig. Die Hose schoß ihm Hormone ins Hirn, so ein kurzes ausgefranstes Stöffchen, wo die Pobacken unten rauskugeln, zum Greifen nah.

Totnan seufzte saftig.

Der brünftige Bock in ihm beäugte den *Spiegel* sagt man beim Reh. Die schöne Ricke kramte in Haarspangen und Zopfbändern, nahm eine Freizeitlatsche aus Bast in die Hand und legte sie wieder zurück. Ging am Plätscherbrunnen beim Würstlmaier vorbei zur Parfümerie Douglas. Ein Gitarrensänger vor der Volksbank näselte wehleidig *A Spaceman came travelling*. Kopf hoch, Wüstenrot hat das Bausparen verbessert. Vor dem Foto-Brönner hatte jemand mit Kreide ein Gesicht auf den Boden gemalt, ein Gesicht mit lachendem Mund, mit großen Ohren und drei abstehenden Haaren. Stille Botschaft. Pianissimo.

Das schöne Reh stand vor den Auslagen eines Modekaufladens, der *orsay* hieß. Geschäfte gabs in Ascheberg, Totnan sah sie zum erstenmal.

Das Reh wechselte die Seite zur *Amon-Optik*, wandelte sündhaft langsam an den farbigen Leibchen von *ariston* und *Sir Oliver* vorbei, wechselte abermals die Seite zum süßen Hussel, wo korbweise Sahnebrocken, Zitronenwaffeln und Kokoskaramellen lockten. Soweit Totnan erkennen konnte, erstand sie einen Beutel mit gefüllten Fruchtkugeln. Kullmanns Schießer-Angebot ließ sie links liegen und besichtigte die leicht zu reinigende Profiknoblauchpresse von Tschibo.
Totnan besichtigte den Bettler, der ihm vor der Kaufhalle seinen nackten Fuß entgegenstreckte. Einen vereiterten Fuß voller Blut, die Nägel wuchsen um die Zehen wie Gemshörner. In der Zigarrenschachtel lagen ein paar Zehner, daneben ein Pappschild: Möchte auch einen Kranz auf mein Grab legen.
Das schöne Reh bog vor der *Aubergine* in den Roßmarkt ein. Vorbei an den Kaufhallenarkaden mit ihren ganzjährigen Adventsbuden, die Brezel, Gyros, Kebab und Blutwurst im Blätterteig erbrachen. Beim Dörhöfer nahm sie aus einer Bauernmilchkanne einen knallroten Schirm, spannte ihn vor dem Zurückstecken aber nicht einmal auf. Hätte ein Christian-Schad-Aquarell verkörpert, das beim Wolpert

hing für 39000 Deutschmark. Wär Hochkunst gewesen. Doch hier gings um niedrige Triebkolik.
Die Keyboards beim Dreßler bleckten ihre Zähne, schwarze Gespenster, die herzlos grinsten.
Eine Gruppe Jungs hinter einer Gruppe Mädchen. Treibjagd. Im Rudel fühlten sich die Jungs sicher. Einer kickte sogar eine Fantadose zwischen die Mädchenbeine. Das angekickte Mädchen drehte sich um und rief: "Du kriegst gleich eine geschmiert."
Das schöne Reh berührte einen schneeweißen Kimono, Totnan drückte sich an ein Fenster, an dem riesige Buchstaben pappten. SSV. Augen auf! Schlußverkauf. Den *Urschuh* gab es immer noch. Den Urschuh zum Urschurz. Der Gambrinus bot ein Hacksteak Parisienne feil, die Vereinten Nationen in *einem* Gericht.
Die braunen Rehbeine lustwandelten zügig am Porzellan-Müller und Blumen-Göttemann vorbei, Totnan auf der Seite der Heylands-Brauerei hinterher. Er würde die heiße Geiß durch den Roßmarkt treiben, bis sie steht und den Beschlag duldet, keuchte er. Hörte er nicht leises Fiepen? Sinnlos trabte er dem

Prachtkörper nach. Totnans Hormone schrien, all sein Fleisch brüllte.
Plötzlich ein Surren.
Ein Surren, Scheppern, Klirren und Quäken.
Das war die Tschaibutik, aus deren weit offener Tür morgenländische Musik zirpte. Ihn foppte und verlachte. Sich einfach lustig machte.
Totnan Weber schleppte sich in den *Schwarzen Riesen* und bat um ein Nerventonikum. Gabs nur in dieser Klause. Familienrezept. Das Elixier bekam ihm, und er ließ noch einen Eiskaffee hinrichten.
Achim Tometschko sagte: "Wenn es so heiß ist, haben die Mädchen Röckchen an, da muß ich immer hingucken."
"Ja", stöhnte Totnan, "die Männer sind komisch konstruiert."
"Was wird da Zeit und Energie verschwendet", sagte Achim.
"Das ist der Ruf der Gattung im Individuum", wußte Totnan zu dozieren, "so ist der homo sapiens entstanden."
"So ist der homo quatschkopf entstanden", sagte Achim. In vertraulichem Ton fragte er: "Wie waren so die Frauen, die du näher kennengelernt hast?"
"Meistens tot."

Herschelgasse, Roßmarkt, Sandgasse, immer wieder Herschelgasse, Roßmarkt, Sandgasse, magisches Dreieck, da war die Stadt intensiv, Herschelgasse, Roßmarkt, Sandgasse. Zaubersilben. Sprich sie aus und du bist erlöst. Herschelgasse, Roßmarkt, Sandgasse, Totnan umwandelte den Venushügel von Ascheberg, komm rein, komm, gurrten die Sirenen, Totnan wollte es wissen, es mutig wagen, auf Pfädchen in die Hinterhöfe, kurze Pfädchen mit schmunzelnden Namen, Riesengasse, schau her, ich bin die kleine Riesengasse, in mir sind viele verschmachtet, weil sie den Ausgang nicht mehr gefunden, nicht mal den Eingang ins *Gully*, neckende Namen, Badergasse, gurrten die Sirenen, komm rein, laß dich waschen, laß dich kämmen, kaufe Zahngold auch mit Zähnen, laß dich fein machen, fein, du darfst hinein, dort, zwischen der Rückfront des Pelz-Hüte-Leder-3-Etagen-Drescher und der Musikschule Rocksound das Feuergäßchen, mittendrin und doch versteckt, eine kleine Klagemauer mit wütenden Farben lebenshungrig besprüht. Und mit schwarzen Buchstaben ganz zierlich:
SABINE

Totnan ließ den Zauber auf sich wirken.

"Und das Arschloch von Ascheberg?" fragte Tometschko.
"Gleich nebendran", sagte Totnan, "die City-Galerie."

Herschelgasse, Roßmarkt, Sandgasse, Wandeln auf wunderbare Weise. Ein Bub mit Geigenkasten und Walkman am Hals, ein Mann mit blau verspiegelter Sonnenbrille, albernem Handtäschchen und Khakibermudas über lockigen Beinen.
Punkte, Streifen, Kräuselmuster.
Klack, klack, klack, schwarzes Minikleid und rote Stöckelschuhe mit Schleifchen dran, Knöchelkettchen für die braune Haremsdame, weiße Sandalen, Sandaletten sogar.
Trug die alte Dame einen geflochtenen Tropenhelm? Die alte Dame trug einen geflochtenen Tropenhelm mit rotem Band. Kompliment, gnädige Frau.
Die schwarze Hexe in enger Hose, Miro-Design, könnte man direkt ins Zahnarzt-wartezimmer neben das Chagallposter nageln.
Punkte, Streifen, Kräuselmuster.

Glatzköpfige ließen sich gern das Gesicht zuwachsen. Mit einem Schnauzer fing alles an. Guter Buchtitel.
Gestreifte Beine, gepunktete Arme.
Telekomtaxi quetschte sich vorbei, dahinter gleich ein Maltesermercedes. Ellbogen lässig aus dem Fenster, Funkhörer am Ohr, alles im Griff. Sandgasse am Nachmittag.
Ein Sommertrotzkopf mit grauem Pullover und schwarzen Schwitzflecken. Gelübde abgelegt? Ein Sommer voller Buße. Auch ein Buchtitel. Aber schwer verkäuflich wie der *Wachturm*. Obwohl die Zeuginnen jünger und hübscher wurden. Vielleicht die Werbeagentur gewechselt.
Sweatshirt BLUE SYSTEM, aufgeplustertes Haupt, frisch shampooniert, Sternzeichen des Wiedehopf. Am transzendentesten waren die seitlichen Ausschnitte unter der Achsel, wenn sich der schlanke Arm bewegte und für einen himmlischen Augenblick das Äpfelchen lachte. Rothaarige starben auch nicht aus. Julimärtyrer, die in der Sonne auseinanderbröckelten.
Gestreifte Arme.
Schmetterlingsbrille perlmutt wich Lieferwagen Schulze aus. Wir bringen Gesundheit in Ihre

Apotheke. Paul-Klee-Hemd und Krawatte mit Rembrandt-Motiv, nur keine Hemmungen.
Wo blieb die Hundertwasser-Hose?
Stattdessen drei Mädchen, ganz schöne Brocken, stämmige Beine, Bollerbusen und höchstens dreizehn. Wer hat euch gesäugt, wer hat euch gemästet, ihr Martinsgänse, die ihr mit vierzehn geschlachtet werdet.
Halleluja, es gab noch Schulmädchenbeine mit Schulmädchenhärchen. Die schimmerten wie unausgereifte Stacheln.
Gepünktelte Beine.
Die Brust des blauen Sweatshirts euphorisch mit Pailletten bestickt: HAWAII. Und aus einem Fenster Musiknebel von Radio Pompelmo, Sandgasse am Nachmittag.
Achtung, eiliger Bankmensch, frisch aus der Herrenkonfektion. Immobilientrickser, Versicherungsquälgeist, Anlagenbequassler. Eine arme Seele. Lebenslänglich in der falschen Haut. Wie der Lederhosenbursch in Haferlschuhen und rotweißkariertem Jugendherbergshemd. Ein Fingerhakler aus Laufach? Schob einen Kinderwagen. Genauer einen *Sportwagen* mit Sonnenschirm. Sandgasse, führst du uns ins himmlische Jerusalem?

Wenn man im Cafe Hench saß, vorne in der Nichtraucherabteilung, hatte man den besten Beobachtungsposten. Wie alles wuselte und stöberte und gestikulierte. Wie sie am Eistütchen saugten. Nur ein Zornnickel kickte *mit Fleiß* den Putz von der Hauswand. Daneben am Tisch als ruhender Pol ein Weißbiertrinker, ein bayrischer Buddha im Unterhemd feingerippt. Im Sitzen quollen seine Hoden aus der Turnhose, der hatte einen ganzen Truthahn zwischen die Beine gequetscht. Fräulein, zahlen.
Oma Hench verkündigte, sie gehe nach St. Agatha zum freudenreichen Rosenkranz.
Kurz vor Ladenschluß holte der Bäckerpriester am Telefon neben den Nichtrauchertischen die Verkaufszahlen der Filialen ein, um sie in die tägliche Ablaßliste zu tragen. "Käsekirsch", fragte er und trug eine Zahl in die vor ihm liegende Tabelle.
"Butterhörnchen - Rhabarberkuchen - Marmor - Apfeltaschen - Yoghurttörtchen - Quarkstangen - Schokobananen - Mandarinensahne - " Ruhig mahnend betete der Beichtvater seine Litanei. "Weißbrot - Amerikaner - Sechskorn -" Gegenüber sprang ein Schlachtergeselle aus der

Metzgerei Hebling und schlug Alarm: "Karin! Karin!"
Was hatte das alles zu bedeuten?
"Laugenbrezel - Salzstangen - 48? - 48. - Mohrenköpfe - Pariser - Vollkornbrötchen - Mischbrot - Roggen - Kaiser - Stöllchen..."
Totnan Weber hatte den Eindruck, am anderen Ende der Leitung sagte jemand jedesmal: "Äbame disch unzä."

Sabine fragte die Oma, wie das sei, wenn sie auf ein so langes, abwechslungsreiches, vollgefülltes Leben zurückblicke.
Omas Antwort war nicht sehr zufriedenstellend.
Omas Antwort kam schnell, sie sagte: "Wie wenn ich *einmal* durch Ascheberg gelaufen wäre."

Zurück zum Auto.
Der Dalberg, diese Ascheberger Drosselgaß, mußte jetzt nicht sein, also über den Karlsplatz, am Bühneneingang des Theaters vorbei Richtung Schloß.

Da kam ihm eine beleibte Frau entgegen, die aussah wie Sabine.
Da kam ihm Sabine entgegen.
"Ich habs nicht mehr ausgehalten", sagte sie, "den Kaffee hab ich noch mitgemacht, schon wegen der Tante Elsbeth, aber dann mußt ich raus." Im Ton von Tante Elsbeth: "Der Genter Altar, da spritzt das Blut heraus wie die Eucharistie."
Weg war sie.
Einsame Streifzüge, Sabines Spezialität.
Im Tanzcafe *Echnaton* hatte sie einen kennengelernt, einen Steuerberater aus Sailauf oder Rottenberg oder Gelnhausen, jedenfalls irgendwo aus den Pampas. Er fuhr einen silbernen Scirocco und hieß Bötsch, ein Name wie eine Ohrfeige. Schien kein Glücksbringer gewesen zu sein. Aus Alzenau! Der Bötsch war aus Alzenau. Sabine sagte nämlich: "Beim Bötsch fühl ich mich wohl, Alzenauer vermitteln einem das Gefühl der Überlegenheit." In Alzenau, da ist der Himmel blau, da tanzt der Ziegenbock mit seiner Frau.
Ein paar Tage später war ihr einziger Kommentar: "Der hat mir den ganzen Abend die Hand geleckt."

Der alte Elsässer bot ihr sogar 100 Mark, wenn sie ein bißchen an ihm rumspielen würde. Ob es zum Vollzug kam, konnte Totnan nicht erraten, so genau er auch die beiden belauerte, wenn sie sich beim Kreuzbeschriften oder Branntweintrinken trafen.
"Lieber einem toten Chines die Augen ausgeleckt", sagte Sabine.
Ernsthafteren Schabernack trieb sie zweifellos mit einem Klavierstimmer, der *Prinzessin* zu ihr sagte.
"Wenn er die Brille abnimmt, weiß ich, jetzt küßt er mich gleich", verriet sie, und daß er beim Foto-Fuchs im Schaufenster hinge.
Er sah ein bißchen schwammig aus, Sabine nannte ihn *Die aufgeplatzte Fleischwurst*.
Diesen nüchtern strengen Blick hatte sie vielleicht von der edition suhrkamp oder von der Frauenreihe des Fischerverlags.
O hätte sie die *aufgeplatzte Fleischwurst* nie kennengelernt!

NEUN

Totnan Weber beschloß, sich im Schlappeseppl zu stärken.
Er ging durch den Beichtstuhl des Windfangs und setzte sich. Ausschnaufen, anlehnen, gutes Lokal. Ehrliche Einrichtung. Braun geflieste Theke, dunkles Chorgestühl, hellbraune Holztische. Rautengitter vor den Fenstern. Wie Petrus nach unten hängende Asbachflasche, Erdnüsse der Firma *felix*, Barometer, Telefon. Nikotingrüne Vorhänge. Alles war, was es war und sollte nichts bedeuten. Nicht so nostalgisch rustikal oder französisch aufgemotzt. Klare Gesichter, große Träume, in kleine Körper gesperrt.
Vom Stammtisch reckte einer grüßend die Faust in die Höhe. Sollte wohl heißen *Alter Kämpfer* oder *Weißte noch damals* oder *Wir haben nicht resigniert*, die üblichen Beschwörungen der Resignierten. Der Hunger und Durst nach neuen Idealen, nach Revolution sogar.

Nun war es kein Durst nach höheren Welten mehr, es war der Durst nach Schlappesepplbier. Tometschko schrieb: "Schlappesepplbier, das *ist* die höhere Welt."
Dabei gab es gar kein Schlappesepplbier mehr. Es gab nur noch den Namen. Das Bier lieferte die Heylandsbrauerei. Und auch von der gab es nur noch den Namen. Sie war nämlich längst von der sogenannten März-Gruppe aufgekauft worden.
Totnan Weber ersteigerte ein solches Schlappesepplheylandsmärzexport und verzehrte eine Leberklößsuppe, die sie in diesem Wirtshaus besonders schmackhaft hinkriegten.
Er könnte dem Abend noch einen Sinn abgewinnen und ein Protokoll über Sabine schreiben.
In Sabines Körper war viel Platz für ein dickes großes Herz.
Sofort strich er es wieder durch.
Neuer Anfang.
Die Nacht war Sabines Zeit.
Es wäre so flüssig gegangen, wenn ihn die Stimme der Dame am Nebentisch nicht dauernd abgelenkt hätte.
"Ich sag ab un su mal die Wahrheit."

Alkoholische Essenzen hatten ihre Zunge narkotisiert. Trotzdem schepperte sie ein auf den Herrn ihrer Wahl: "Hassu an mir was aussusetzen?" fragte sie und gab überdeutlich die Antwort: "Ich an mir nicht." Häufiges Phänomen, das Mundwerk eines Besoffenen wie ein Präzisionsapparat.

"Ich will doch von dir gar nichts. Von dir will ich doch gar nichts."

Der Herr entgegnete baldrianmild etwas Unverständliches.

"Aber Ingo. Ich brauch doch nichts. Von dir brauch ich doch nichts. Hör bitte auf."

Kurz kehrte Friede ein, bis der Herr Ingo eine weitere Beschwichtigung plazierte.

"Aber Ingo, ich streit doch nicht. Ich hab mich noch nie unhöflich benommen."

Herr Ingo versuchte einen Zwischenruf, den die Dame hellseherisch im Ansatz erwürgte. "Das passiert mir nicht mehr, lieber Schatz, sowas passiert mir nicht mehr. Das passiert mir nicht mehr."

Zur Bekräftigung trank sie ihr Glas aus und hielt es der Bedienung hoch, wiederum Anlaß für ein Kurzreferat der Ingopartei.

Die Dame parierte intuitiv: "Aber Inko, ich laß mich von dir nicht vertreiben. Ich hab mich immer hervorragend benommen. Nein, ich mach keinen Wind um mich. Ich mach doch keinen Wind, um auf mich aufmerksam zu machen. Nein, tu ich nicht." Und schloß die Sonate ab: "Ich hab mich immer hervorragend benommen."

Dieses Führungszeugnis wurde von der Bedienung mit einem neuen Wein belohnt. Und Totnans leere Suppenterrine wurde gegen ein paniertes Schnitzel ausgetauscht. Die Leberklöße seien so gut, sagte er, "da klatschen die Magenwände Beifall".

Gelassen nahm es die Bedienung zur Kenntnis.

Nun lenkte ihn das Schnitzel vom Schreiben ab. Es hatte die Form von Afrika. Totnan aß zuerst Kapstadt auf, um dann den Tansaniafettrand abzuschneiden. Als letzten Brocken steckte er sich die Elfenbeinküste in den Mund.

Auch der Herr Inko hatte sich eine Auszeit genommen, hatte sich erfrischt und kehrte degener, regeneriert aus dem *Oh Oh* zurück.

"Jetzt sag ich dir mal was", plärrte seine Dame mit neuem Elan, "ich hab noch nie einen Ascher geschmissen. Würd ich nie tun. Das is nicht meine Art. Mein Mann ja."

Von Zärtlichkeit überwältigt strich sie Herrn Inko tapsig übers Haar. "Komm, Schatz, trinken wir noch einen kleinen."
Verwirrt ließ es der Schatz geschehen.
Totnan Weber wollte bezahlen.

Totnan wollte bezahlen.

"Ich möcht be..."

Totnan wollte bezahlen.

"Hallo."

Totnan bezahlte.

"Hör doch auf", plärrte es wieder.
Totnan blieb noch und wurde mit pathetischen Fragen belohnt. Alle Worte bewahrte er in seinem Herzen.
"Was mach ich denn in meinem Leben verkehrt? Darf ich nicht meinen Schoppen trinken? Darf ich nicht mal in Ruhe einen armseligen Schoppen trinken?"
Großartiger Schlußmonolog, Totnan genoß die Darbietung, als sei der Schlappeseppl ein Kammerspiel.
Der Herr Inko hatte sich abgewandt und mit einem Kumpan ein neues Gespräch ins Leben gerufen. Die Dame starrte auf ihre Zigarette, die sie - Ellenbogen auf dem Tisch - in Gesichtshöhe hielt, bis die Asche von allein herunterfiel.
"Tut mir leid, daß ich überhaupt hergekommen bin heute Abend", verkündete sie den Kongreßmitgliedern, "wär ich zur Christel gegangen, die hätt sich sehr gefreut."
Zu sich selbst sagte sie schwermütig: "Die Christel hätt sich gefreut."
Eine tiefe Kirchenglocke tröstete die Leidtragende.
In Ascheberg konnte niemand den Glocken entkommen. Egal wo man war, immer ein

Kirchturm in der Nähe. Der Wirtshauspompelmo kommentierte es auf seine Weise: Gitarren klingen leise durch die Nacht, Gitarren der Liebe.
Totnan Weber verabschiedete sich zufrieden.

Es war fast dunkel. Am Himmel über Mainaschaff hatte der Tag einen Bluterguß hinterlassen. Den Abend mit Onkel Isidor zu beschließen, fehlte gerade noch. Onkel Isidor könnte dem Tag die Tiara aufsetzen. Zu diesem Zweck fuhr Totnan die Schweinheimer Straße hinauf, überholte in Höhe der Firma Güldner einen Mopedengel mit bunten Alditüten an der Lenkstange und einem roten Kasten Bier auf dem Gepäckträger. Totnan bog in die Haidbergstraße und parkte auf den neu eingerichteten grasdurchlässigen Zaubergittern.
Im Leichenhäuschen brannte noch Licht.
Onkel Isidor öffnete mürrisch.
"Oh, du hast Besuch", entschuldigte sich Totnan.
"Komm nur rein", sagte Onkel Isidor.

Im Zimmer saßen die Kusinen Gabi und Gerdi, zwei relativ junge Mädchen mit dem gleichen Sprachfehler.
"Oh, Totnan, fön daf du da bift."
Die Kusinen traten bei Hochzeiten in der Kirche auf. Gerdi spielte Gitarre, Gabi sang die zweite Stimme. *Glocken der Liebe* mit dem Effekt der Herzverengung, *Sing mit mir eine kleines Lied vom Frieden* zur Opferung und zur Kommunion *Ins Wasser fällt ein Stein*.
Sprach sich schnell herum bei den Ascheberger Brautpaaren, in fast jeder Kirche hatten die beiden schon gesungen, sogar vor einem protestantisch depressiven Vikar fanden sie Gefallen, und er veranstaltete mit ihnen einen "modernreligiösen Liederabend" im Bachsaal. Es kamen zwar nur ein paar Freunde und die Konfirmanden des Vikars, aber die Songs *Amafing Grafe* und *Yefterday* wurden sehr beklatscht, und die Zugabe *Memory* aus dem Singspiel *Cats* war ein Hochpunkt im Kulturkalender der Stadt.

"Laßt euch nicht stören", sagte Totnan, der merkte, daß er eine ihrer Darbietungen unterbrochen hatte.

Gerdi schlug wieder auf die Gitarre, und sie sangen *Bridge Over Troubled Water*.

Totnan sank in den Sessel und erquickte sich an den im Takt wippenden Pomeranzen. Auf ihrer Gesäßtasche hatte Gabi ein weißes Etikettchen - Totnan beugte sich vor - mit der Aufschrift und Aufforderung: *Check up*.

"I will lay me down", knödelten sie mehrmals und da capo mit Inbrunst: "I will lay me down."

"Das isses", entschied Onkel Regisseur mit ausgestrecktem Zeigefinger, "genauso bringt ihr das. Und jetzt zieht euch aus."

Totnan traute seinen Ohren nicht.

Die Kusinen kicherten.

"Doch nicht wenn jemand zufieht."

"Stellt euch nicht so an", sagte Onkel Isidor verärgert, "wenn ich eine Aktzeichnung machen soll, müßt ihr euch ausziehen."

"Müffen wir dazu fingen?"

Das Onkelchen sagte nur: "Totnan, hol dir ein Bier aus dem Kühlschrank."

In der kleinen Küche flüsterte der Onkel erregt: "Mensch, ich hätt sie fast soweit gehabt."

Hilflos schnaufte er durch den Mund ein und durch die Nase laut aus. Wiederholte es dreimal und sagte: "Jetzt kommst du und vermasselst mir die Kampagne."
"Ich geh schon."
"Ja", sagte Onkel Isidor erleichtert. "Ich laß sie am Überfest teilnehmen, da hast du auch was davon.
"Totnan sagte: "Ich hab gar nicht gewußt, daß du zeichnest."

Was war denn dran an Onkel Isidor, daß er selbst blutjunge Sängerinnen an- und auszog und weiß Gott noch alles? In einem Alter, wo er eh so hohen Blutdruck hatte. Kannte er Maschen, die erst erfahrenen Männern in reifen Jahren zu Gebote stehen und denen keine widerstehen kann? Beherrschte er vielleicht sogar den Schweinheimer Griff?
Totnan griff zum Pompelmo.
Viel Spaß mit den 100 Mark! Und wenn ich schon beim Wünschen sind, kommen wir nun zu den Geburzgrüßen. Hallo Andrea, hör mal gut hin, heute bist *du* im Pompelmo drin! Für den Polterabend im Obernauer Bollerwald toi toi toi!

DAS POMPELMOLAND, UNSERE HEIMAT.
Mit dem Lieblingslied unserer Hörerin Birgitta Staab: Irgendwann und irgendwie werd ich dir nochmals begegnen irgendwo.
Der Mond war ein abgeschminkter alter Schauspieler mit Selbstmordgedanken. Da flimmerte es vor Totnans Augen, das waren die hellen und dunklen Klinkersteine der Petri AG. Die Ampeln an der Obernauer Straße blinkten, Leuchtreklamen für überreife Pampelmusen.

Protokoll

Muß ich erst so alt werden wie Onkel Isidor?
Muß ich mit dem Aktzeichnen anfangen?
Aber einen dicken, fetten Pietätkünstler will keine. Jede stellt sich vor, ich käme gerade vom Einsargen und hätte die Hände noch nicht gewaschen. Ich bin und bleibe ein Bestatter. Und damit bin ich für die Frauen gestorben.

Deshalb schmeichelte ihm, daß eine Reporterin vom *Echo* anrief und das Porträt eines Friedhofsorganisten schreiben wollte. Nun ja, es war das berühmte Sommerloch, und das *Echo* brauchte irgendein Thema. Die Reporterin hieß Frau Kullmann, und Totnan bestellte sie auf den Altstadtfriedhof wegen der schönen Motive.
Frau Kullmann hatte ein großes Gesicht mit einer neugierigen Himmelfahrtsnase. Alles an ihr war groß, das Gesicht, die Hände und der Schmuck. Sie fotografierte Totnan an der elektronischen Orgel.
"Sollen wir ein bißchen Schminke drauftun?" fragte der Kunkelschaffner. "Wir haben alles da, Kamm, Maniküre, Lippenstift, Rasierapparat."
Totnan: "Am besten, du steckst mir einen von den Mundformern rein." Zu Frau Kullmann sagte er: "Dann hab ich so einen wissend lächelnden Zug um die Lippen."
Frau Kullmann fragte nach, und der Kunkelschaffner gab zur Antwort: "Haben Sie noch nie bemerkt, daß bei Trauerfeiern der Aufgebahrte am gesündesten aussieht?"
Herr Kunkel war stolz auf seine Fakultät.
Beim Interview erfuhr Totnan, daß Frau Kullmann den Reporter als das verlängerte

Sinnesorgan des Aschebergers verstand, daß sie mit Vornamen Ulla hieß und ihre Artikel mit *uku* unterzeichnete.
Sie sagte, daß sie Gedichte schreibe, O Schwalbe, du Pinguin der Luft, so in diesem Kaliber.
"Schön", sagte Totnan, um sie zu ermutigen.
uku trug ihm noch eines vor: "Ich brach den Eiszapf vom Dache und begrub seinen kalten Leib im Schnee."
Totnan wartete, ob noch was käme, und sagte schließlich: "Das spricht mich an."
Da bot sie ihm das Du.
Sie fotografierte ihn noch einmal, "für mein Privatarchiv".
"Jedes Bild ist ein Sterbebild", schob sie schwarzgallig nach, "die Erinnerung an einen toten Augenblick."
Totnan erinnerte sich an Achim Tometschkos Erkenntnis, die der durch seine Kontaktanzeigen gewonnen hatte: "Das ganze *Echo* ist ein Singleclub." Er erzählte ihr deshalb vom *Labor*, und wie diese Künstlergruppe das Überfest ins Leben rufen wollte. Und er lud sie ein, mittags in der Bahnkantine vorbeizuschauen.

Dort las sie gleich ein Gedicht vor über den Regen, diesen flüssigen Sonnenschein.
Onkel Isidor kommentierte anerkennend: "Kreuzgewitter!"
Totnan mißfiel ihr breiter Modeschmuck am Hals und an den Handgelenken. Sie durfte um die 40 herum sein, genau in meinem Alter, dachte er. Als er ihre abgeblätterten roten Fingernägel sah, wurde ihm kurzfristig schlecht. Er schaute weg, da wurde es ihm wieder besser.
Er hörte ein Gedicht aus ihrem Südamerika-Zyklus.
"Frau aus Guatemala, sei meine Schwester. Mann aus Mexiko, komm an mein Herz."
"Sie lieben die Menschen", sagte Onkel Isidor.
uku nickte heftig.
Aber Totnan Weber dachte: Kirchentagskitsch.
Ulla Kullmann träumte von einer Buchhandlung nur für Gedichte. Sie würde ihre eigenen Werke unter ihrem Wunschnamen Vera Schalottke herausgeben. Vielleicht würde sie auch Bilder ausstellen.
Onkel Isidors Gabel rutschte vor Begeisterung in die Soße.
Er könne ihr jederzeit eine Ausstellung gestalten, sagte er, alles schon im Kopf. Das Aktzeichnen habe er zwar aufgegeben, ihm

schwebten moderne Farb- und Flächenkompositionen vor, so locker, "wie man sie so hat". Also nur abstrakt, nicht so streng, mehr expressionistisch auf den Kubismus hin. Er würde seine Bilder mit einem *W* signieren und das große *I* mittendurch. Und drumherum einen Judenstern. Das habe noch keiner gewagt.
"Unter Umständen kann ich durch meine Signatur berühmt werden", sagte er. "Da kriegen meine Bilder Sinn. *Noch* mehr."
Er wischte seine Gabel mit der Serviette ab.

Das mit dem Überfest mußte klappen. Und wenn es nicht der Nobelpreis wäre, der Büchnerpreis würds auch tun. Schnell nach Darmstadt gefahren oder nach Köln und den Orden wider den tierischen Ernst abgeholt. Das gäb einen Empfang im Ascheberger Rathaus. Und sie würden sich vor Frauen nicht mehr retten können.
"Ich werde eure Rowohlt-Monographie verkaufen", sagte Sabine.
"An unseren Häusern werden Gedenktafeln angebracht", sagte Onkel Isidor.

"Mein Zimmer wird nach meinem Tod unverändert gelassen", sagte Achim Tometschko. "So stehts in meinem Testament."
"Und was geschieht mit deinen Manuskripten?" wollte Totnan wissen.
"Die werden mit mir verbrannt. Alles im Testament festgelegt. Die Manuskripte müssen in meinen Sarg. Einfache Fichtenkiste. Und statt auf Holzwolle und Sägemehl, lieg ich auf meinen Manuskripten."

Ulla Kullmann rief im Institut Weber an, sie möchte sich für das Feature noch ein genaueres Bild von Totnans Persönlichkeit machen, vielleicht bei einem kleinen Umtrunk, er sei so faszinierend und ob er sie abholen wolle.
Totnan war schlagartig gewachsen und mindestens zehn Kilo leichter. Er würde mit der gurrenden Echotaube einen träumerischen Abend verbringen, jawohl, das würde er. Aber auf keinen Fall wollte er dieses Idyll von Tometschko stören lassen, der überall auftauchte, wo er nicht gebraucht wurde. Deshalb fuhr er mit der Reporterin nach

Frankfurt, um auf Nummer sicher zu gehen und gleichzeitig seine Weltläufigkeit zu beweisen.
Sie saßen nebeneinander auf einer Bank an der Mainpromenade. Ulla Kullmann hatte ihre Fingernägel erneuert und roch verwirrend. Fenjala schied aus, das kannte er von Sabine. Vielleicht Moschus, davon hatte er schon gehört, oder Extase, er durfte nicht dran denken, Shalimar sollte süß und schwer orientalisch wirken, schied ebenfalls aus, womöglich wars Coco Chanel oder Bocuse, er ging nie in Drogerien, seinen Roller *fresh for men* holte er beim Schade in der Herschelgasse.
"Da drüben fährt ein Rettungswagen", sagte er.
Das Blaulicht auf der anderen Mainseite spiegelte sich romantisch im Wasser, bevor es hinter dem Eisernen Steg verschwand.
Ulla Kullmann saß neben ihm und sagte gar nichts.
"Das machen die nur für uns", sagte er.
Ulla schnaubte und sagte ernst: "Wenn man bedenkt, daß da jemand in Lebensgefahr ist."
"In Todesgefahr", verbesserte er.
Ulla schnaubte wieder. "Du denkst nur an den Tod."

Totnan mußte die Unterhaltung vorantreiben, er mußte doch seine faszinierende Persönlichkeit beweisen. Aber ihm fiel nichts Wertvolles ein.
"Schau mal", deutete er auf die Mondsichel, "das ist kein Mond, das ist eine mohammedanische Leuchtreklame."
"Du hast Ideen"; sagte Ulla und ließ aus der Nase ein hohes "Hm".
Sie schauten eine Weile auf den Mond, ob er wohl zu- oder abnehmen mochte. Nichts dagegen zu sagen. Ulla wurde wieder lyrisch und summte die erste Zeile von *Guter Mond*.
Nun ist der Punkt gekommen, jetzt legst du deinen Arm um sie rum. Aber sein Mund war schneller. Sein Mund sagte: "Das ist alles Plastik. Der Himmel über Frankfurt ist ein riesengroßes Plastikzelt."
"Du hast Ideen..."
"Ja", behauptete er unerschütterlich, Hauptsache originelle Konversation, "eine riesengroße Zeltplane."
"Du spinnst."
"Nein, drüben in Bornheim, in Höchst, in Neu-Isenburg und in Offenbach stehen die Masten."
"Du spinnst."
Sie sagte es lachend, fast bewundernd, also konnte er weiterparlieren.

"In Sachsenhausen wird die dreckige Luft abgesaugt, gleichzeitig wird von Bad Vilbel aus Sauerstoff hineingepumpt. Sonst könnten die Lemuren hier gar nicht leben."

Sie ließ wieder ein hohes "Hm" aus der Nase. Es war so peinlich, aber der Demosthenes aus Damm sprach weiter: "Das Dumme an der Sache ist nur, bei Westwind kriegen wir den ganzen Schrott nach Ascheberg geliefert."

"Aber da stehen ja auch Masten", ging sie auf ihn ein, "da stehen Masten in Haibach, in Goldbach und in Kleinostheim. Ich werde ein Gedicht darüber verfassen. Titel: Ascheberger Firmament."

Dann tippte sie auf Totnans Nase und sagte: "Du bist inspirierend."

Der Beerdigungsimpresario fühlte sich in Stimmung. Zunehmend sah er in der strammen Ulla Kullmann ein Vollblutgeschlecht. Nichts wie ran. Aber als ein Liebespaar vorbeispazierte und sich ungeniert küßte, dachte er: Jetzt nur keine Annäherung, sonst meint sie, ich äffe die beiden nach, das würde alles im Ansatz kaputtmachen. Nur keine unüberlegten Manöver.

Zur Bekräftigung setzte er sich auf seine Hände und blickte steif geradeaus. Der Dialog gab nicht mehr viel her. Totnans "faszinierende Persönlichkeit" würde an diesem Abend endgültig ausgelöscht. Das kränkte ihn. Aber ihm fiel nichts Geistreiches ein. Die Schuld schob er auf diese gräßliche Stadt. Hier konnte ja kein Gefühl aufkommen. Selbst der Mond hatte inzwischen einen Herzinfarkt. Sie schwiegen und glotzten hinaus ins schwarze Wasser.

Ulla Kullmann hatte das große Los gezogen, einen Abend mit Totnan Weber, dem besten Langweiler Deutschlands. Totnan dachte an die Patrizia Imhof. Der rieb er eine volle Stunde den Hals, saß mit ihr auf der Bank in der Fasanerie und rieb ihr den Hals, schob sich reibend einen Mikromillimeter Richtung Busen, redete nur ablenkende Sachen und rieb ihr nichts als den Hals. Totnan Weber, der beliebte und gefürchtete Halsreiber, jede konnte sich glücklich schätzen, von Totnan gerieben zu werden.

Er erwachte aus seinem Dösen.

"Müde?" fragte er Ulla.

"Abends nie", sagte sie. "Ich liebe die Nachmittagsnickerchen in der Redaktion, da träumt man so modern."

Ein Traum sei erlebte Lyrik, und sie führe ein Traumtagebuch, "damit nichts verlorengeht".
"Kaum zu glauben", sagte sie plötzlich, "du hast Flaum an deinen Ohrläppchen. Die sehen lustig aus. Wie verschimmelt."
Das hatte ihm gefehlt. Der Totnan mit seinen verschimmelten Ohrläppchen.
"Wenn wir heimfahren, können wir noch den Humphrey Bogart sehen", schlug er vor. "Da spielt der Edward Dschi Robinson mit, den brauch ich jetzt."
Das Gesicht von Edward Dschi Robinson hatte ihm oft Trost auf die Seele geträufelt. Sie ließen noch ein paar Steine über den Main hüpfen und gingen souverän bei Rot über die Ampel.
Als sie über den Kaiserlei-Kreisel fuhren, sang die Barbra Streisand: I am a woman in love.
Wie hypnotisiert kraulte Ulla Totnans Nacken und kitzelte ihn hinterm Ohr. Seine Haut spreizte sich. Er hielt das Lenkrad fester und dachte: Das ist sie. Die Sexualität.

Vor ihrer Wohnung fragte Ulla: "Wollen wir uns den Film zusammen anschaun?"
Totnan zu allem entschlossen: "Klar."

Ullas Wohnung war zweckmäßig wie eine Arztpraxis, helle Türen und Schrankwände, Strahler wie in einer Galerie erhoben die Szenerie zur Kunst. Ein Porzellanpierrot fläzte sich ins Regal, und zwei Vögel aus violetten Federn hingen als Marionetten von der Decke. Schnell stand eine Flasche *Mumm* auf dem Glastisch vor dem hellen Lederkanapee, und während Totnan den Korken knallen ließ, kamen zwei Kelche dazugeflogen. Bis der Edward Dschi Robinson auftrat, ließ Ulla eine Platte laufen. Randy Newman oder Leon Redbone, irgendein schräger Bluesvogel nuschelte von schrägen Verlierern, das gab Totnan die Sporen.

40 Jahre sind genug, dachte er, und blitzartig schlug sein Kuß in Ullas Antlitz. Es ging so rasant, daß er nur ihren linken Unterkiefer streifte, aber es war gar nicht kompliziert.

"Was machst du denn mit mir", sagte sie, "du kennst mich doch noch gar nicht."

"Natürlich kenn ich dich", sagte Totnan, "du bist die Ulla Kullmann."

Den nächsten Kuß gaben sie sich gemeinsam und ohne Hast.

Ihre Zunge schmeckte nach Oregano, nach Tintenfisch schmeckte sie. Er drückte Ulla an

sich. Seine Nase schob sich an ihr Ohr und schnüffelte selig.
"Du bist ja eine richtige Schmusekatze", säuselte sie.
Er spürte die Luft ihrer Worte an seinem Hals.
Zog ihr die Bluse aus der Hose und begrapschte ihre Haut.
Quetschte die Wülste zwischen den Fingern.
Vielleicht dachte sie, er suche ihre Akupressurpunkte.
Sie stöhnte kurz.
"Hab ich dir wehgetan?"
Sie stöhnte verneinend.
Er atmete schneller.
"Du hast einen Puls von 140", sagte sie.
"Wie kommst du da drauf?" fragte er.
"Dein Herz pumpert wie ein Metronom, wenns auf Allegro gestellt ist."
Das mußte die Wollust sein, die gute alte Todsünde.
Er biß ihr in die Schulter.
Sie strampelte mit den Beinen.
Ihre Schuhe flogen auf den Teppich.
Um es höflich auszudrücken, ihre Füße rochen nach Margeritenblüten.
"Du hast Brustwarzen wie Igelschnäuzchen", sagte sie.

Ihr großer Brustwarzenhof war eine Blindenschrift, die er nicht verstand, aber zügig zu lesen vorgab.
Er nahm ihre Brust sogar in den Mund.
Züngelte und saugte abwechselnd.
Fragte, wie es schön für sie sei.
Das sei sehr schön, sagte sie.
"Und das Saugen?"
Das Saugen sei auch sehr schön.
"Und was ist schöner?"
Beides sei schön und mache sie ganz verrückt.
Er machte es abwechselnd.
Er züngelte und saugte.
Saugte und züngelte und saugte und zuzelte.
Züngelte wieder und saugte, daß es quietschte.
Totnan versuchte, den Knopf ihrer Jeans durchs Knopfloch zu drücken.
Er versuchte es, ohne in seiner Leidenschaft nachzulassen.
Den Knopf hatte er durch.
Verzweifelt zerrte er am Reißgewerk.
Sie half ihm.
Sie hatte einen nach außen gewölbten Nabel.
Sie zog ihm die Hose aus.
Er hechelte vor Anstrengung.
Probierte den Schweinheimer Griff.
Sie ließ ein A und ein O heraus.

Er hörte den Ruf der Natur.
Sie grapschte seine Lenden.
Er lachte schreiend, denn er war sehr kitzlig.
Sie rutschten auf den Boden.
Der Boden war ein Büffelfell.
Totnan riß ihr den Hüfthalter herunter.
Ja.
Alles da.
Ja.
Das ganze Biotop.
Ein Po voller Pickel.
Und Totnan Weber voll in die erogenen Zonen.

In einem Lubitschfilm würde mit diskreter Noblesse ausgeblendet. Und Hitchcock ließe die Dampflok im Tunnel verschwinden.

Salvador Dali sagte zum Unaussprechlichen: Die Nähmaschine machen.
Von Beruf Surrealist. Da hätte ihm etwas Phantastischeres einfallen können.
Durch die Wolken fliegen, sagen die Chinesen.

Das Feuer hinter den Bergen entzünden, sagen die Tibetaner.
Die Inder nennen es: Das Schwirren des Sperlings.
Und die Malaien sagen: Tiki tiki.

Katholiken strömen dabei einen besonderen Geruch aus. Den Geruch des schwitzenden Gewissens, dem das alles im Grunde peinlich ist.
T, t, t, t, t, t, t, ziehen sie Luft nach innen und außen ein Schnütchen.
Zielstrebig und schnell erledigen sie ihr Werk.
"Meine wilde Maus", sagte Totnan abschließend, und Ulla Kullmann sagte: "Mein kleiner Schnalzer."
Sie rollte zu ihm herüber, umschlang seine Fleischmassen mit Armen und Beinen, drückte ihm ein "Schlaf gut" auf den Mund und ein "Lieb mich auch im Traum".
Es war gräßlich.

Am nächsten Tag las ihm die wilde Maus ein Gedicht vor, das sie der gemeinsamen Nacht widmete:
"Du Wonnebrocken du
Kaulquappe meiner Lust
Eros trifft Thanatos
und zieht ihn an die Brust."
Totnan wollte mit Ulla Kullmann nichts mehr zu tun haben.

Ins Bistro Bonaparte hatte Achim Tometschko einen Herrn von der Stadtzeitung bestellt, der ganz eng mit der Stadthalle in Verbindung stand und auch im Pompelmo seine Finger drin hatte.
In Ascheberg gab es leider keinen literarischen Salon, in dem man seine Melancholie hätte kultivieren können, es gab keine schönen alten Schwarzweißphotos von Künstlern und Lebemenschen. Und keine Gertrude Stein, nirgends ein Mäzen. Dabei hätte eine einzige betuchte Dame, die bei jungen Literaten den Verstand verliert, genügt.
Ascheberg war kein tragisches Exil, in Ascheberg gab es keinen Tango, keine Taiga, keine Großwildjäger, keinen Stierkampf, es gab

keinen Ozean, kein Erdbeben, keinen Vulkan, vom heroischen Kriegstod ganz zu schweigen. Der Ascheberger Tod war leise und unauffällig ging er spazieren.
Es gab nicht einmal eine Schwabinger Marietta, die auf Künstlerfesten nur mit Tischtuch und Sicherheitsnadel bekleidet erschien, was sie nicht lange anbehielt, keine Schwabinger Marietta weit und breit.
"Wenn bei der Gickelskerb Hahnenkämpfe veranstaltet würden, wär ich bestimmt inspiriert", meinte Achim Tometschko.
Immerhin gab es über die Satellitenschüssel den Klagenfurter Literaturwettbewerb live, Tometschko kam drei Tage nicht aus dem Bett, nur vor dem Fernseher, 29 Stunden Literatur, das erzeugte Kopfweh. Er verknallte sich in die Preisträgerin Alissa Walser, das ergab ein steifes Genick. An allen Enden knackten die Knochen.
"Am 28. Juli war der 150. Todestag Brentanos", sagte Tometschko. "Andere Kleinstädte würden sich darum reißen, einen so berühmten Dichter auf dem Friedhof zu haben, würden Brentano-Festspiele ins Leben rufen, einen Brentano-Preis, einen Stadtschreiberposten, ein Brentanomuseum im

Brentanohaus eröffnen, und was macht Ascheberg? Niente."
"Der Brentano ist nur in Ascheberg begraben, weil er nicht mehr die Kraft hatte abzureisen", sagte Onkel Isidor.
"Unsere Stadt ist so verschnarcht, das is schon wieder sympathisch", meinte Totnan.
"Find ich auch", sagte Sabine. "Ascheberg hält sich streng an den Brentanovers" - belesen und begeistert zitierte sie aus dem Gedächtnis: - "Singet leise, leise, leise, singt ein flüsternd Wiegenlied, von dem Monde lernt die Weise, der so still am Himmel zieht."
"Kreuzgewitter", sagte Onkel Isidor, und Sabine gestand: "Wenn ich früher gelebt hätte, wäre ich Brentanos Geliebte geworden." Entflammt fügte sie hinzu: "Clemens."

Sie saßen im Bistro Bonaparte am Fenster vor den jugendstilverzierten Worten BAR, RESTAURANT, CAFE in Spiegelschrift. So mußten sich die großen Künstler gefühlt haben, als Paris noch ein Zentrum war, die Surrealisten, das würde passen, Breton, Aragon, weiß Gott wer alles, die Existentialisten, Sartre

Camus Juliette Greco, die ganze Blase, da gingen die Zigaretten nicht aus.
"Vielleicht sollte ich angeln wie Hemingway", sagte Totnan.
"Peter Alexander angelt auch", sagte Sabine.
Damit war Angeln kein Thema mehr.
Wenn Totnan das schwarze Guiness vom Faß bestellte, und es in diesem herrlichen Krug mit Goldrand serviert wurde, fühlte er sich beckettmäßig wie James Joyce. Auch Totnan Weber wollte Ascheberg so präzise beschreiben wie Joyce sein Dublin, daß man die Stadt allein nach seinen Büchern hätte aufbauen können.
Sabine sagte: "Sei nicht so feierlich."
Das Bistro Bonaparte war ein weinrotes Kabinett, eine rosa Schatulle mit Baiser-Stuck an Wänden und Decke, Schaumgebäck zum Hineinbeißen. Am Eingang Kokospalme und Ziergräser und ein Muschelbrunnen mit Goldfischen und Barockputte, von winzigen Halogenstrahlern effektvoll beleuchtet. Schloß-Linderhof-Spiegel, Marmortische, Petroleumlichtchen und weinrot gepolsterte Thonetstühle. Fast über jedem Tisch ein schwarzer Kugellautsprecher wie die cws-air-control über jedem Klo.

Der Barkeeper, der selber aussah wie eine Barockputte, polierte Gläser und bediente die Zapfhähne wie ein Anästhesist. Die zwei Rattanhocker am Tresen tranken Henningerpils und Capuccino. Erzählten was über Huckelheim und Schnapsranch und eine Tussi im Boogie-Woogie.
"Aus dem Kahlgrund ist noch nie etwas Gutes gekommen", sagte Totnan, "nur Inzucht und Angeberei. Samstags kommen sie mit ihren Escorts und GTIs in die Ascheberger Discos, aber weil das über ihre Kräfte geht, rennen sie sich heimwärts den Schädel ein."
"Mir hat noch keiner leid getan", sagte Tometschko.
"Wie die MSPler", sagte Sabine. "Die Mädchen sind zu bedauern."
Totnan sagte: "Wer sich mit Gehirnamputierten abgibt, ist selber schuld."
Ein 50jähriger mit Apostelhaar, Typ Jäger des verlorenen Schatzes, in kurzem Lederjäckchen aus Schlangenhaut, Anaconda-Imitation, enge Hose mit schmalem Gürtel, der Apostel aß Plätzchen, trank Schaumchampagner und rauchte nervös Selbstgedrehte. Unruhig hetzten seine Blicke durch das Lokal und ruhten nur vorübergehend auf den beiden Signorinas mit

viel Haar, Creolenohrringen und Basedowblick. Sie bestellten Pina Colada.

Plötzlich lag ein Trommelwirbel in der Luft.
Es erschien der Herr von der Stadtzeitung, angezogen mit den Powerfarben des Frühlings 1992, karibikblauer Sakko mit Reißverschluß vornerunter und peppiger Krawatte, aus der vier Schweinchen ihre rosaroten Rüssel streckten.
Hatte er sie ausgewählt, um das rosarote Chateau ironisch zu kommentieren, stellten sie die Familie Weber dar oder trug er nur, was gefiel?
Er hieß Herr Wienand und meinte es ernst. Das Überfest war genau nach seinem Geschmack.
"Da lassen wir Tauben steigen und entzünden das Friedensfeuer mit einem Pfeilschuß wie bei der Olympiade in Barcelona."
Das Überfest sollte der künstlerische Höhepunkt des 20. Jahrhunderts sein und eine neue Ära von Festen einläuten.
"Lightshow", sagte der Herr Wienand, "Großbildleinwand wie bei Parteitagen, aber auch Nebel, Stroboskop, da machen wir einen utopischen Lichttanz, Sound and Vision, so in

dem Dreh. Oder was halten Sie von einer Science-Fiction-Modenschau, wir müssen alle Schichten ansprechen."

"Sie sprühen ja vor Ideen", sagte Onkel Isidor.

Dadurch fühlte sich Herr Wienand noch mehr aufgepeitscht.

"Entschuldigung, ich spreche so schnell, damit ich Zeit spare", sagte er. "Eine internationale Frisurenschau könnt ich mir vorstellen, ich kenn das Fräulein Beisler vom Hasenstab-Hair in Hösbach, die hat fluoreszierende Kontaktlinsen, da werden Sie Ihr Wunder erleben. Ich denk an eine Jazz-Show mit Showjazz, Hauptpreis 14 Tage Sri Lanka, das stiftet der Reise-Phoenix, mit dem werd ich einig. Is doch billige Reklame. New-Age-Kinderkleidung bis Seniorenmode, da ziehen wir von der Stadtzeitung mit, wir machen eine Titelstory, das wird Thema des Monats. Hinter der Bühne Gourmet-Treff für die VIPs, also für die Sponsoren, wie beim Frank Sinatra damals in Frankfurt, das kommt tausendfach wieder rein. Nur mal so als Idee. Ich denk auch an einen Malwettbewerb für Schüler, da haben wir den Stadtjugendring an der Angel. Bringen Sie Behinderte mit rein, meinetwegen Musizieren und Malen mit Mongoloiden, jetzt völlig ins

Unreine gesprochen, aber Behinderte geben immer eine gute Presse."
Er pumpte drei Maul voll Bier nach unten.
"Oder Partnerschaften mit Städten in anderen Kontinenten, daß wir Devisen, Diplome, Quatsch, Tantiemen, äh, Vernissagen, wie heißt das denn, daß wir Alimente, Quatsch, es liegt mir auf der Zunge, wie heißt das bei Niederlassungen, daß wir Promotionen, Rechte halt, Copyright, daß wir *Lizensen* vergeben, bin ich blöd?"
Niemand antwortete, nur Achim Tometschko winkte mit seinem leeren Glas. "Lassen Sie nochmal die Luft raus." Das sagte er seit kurzem bei jeder Bestellung, hatte er sicher irgendwo gelesen.
"Der kleine Saal würde sich doch eignen für ein Kontrastprogramm", schlug Ulla vor. Sie hatte sich dem *Labor* verschrieben und ihre Leidenschaft auf Tometschko verlagert. Und aufs Überfest. "Warum nicht Lyrik mit Querflöte und Kontrabaß. Das hab ich im Fernsehn gesehn. Bei den Leverkusener Jazztagen. Da hat einer Gedichte vorgelesen, und die beiden Musiker habens auf ihre Art beantwortet. So rauf und runter, die ganzen

Gefühlsdimensionen. Symbolisch die Hochs und Tiefs."
"Ja ich versteh schon", sagte Herr Wienand gereizt.
"In einem Schlößchen, sehr beeindruckend. Das Publikum war weg."
"Das wird bei uns auch weg sein", sagte Sabine.
"Ha ha", kam es von allen Seiten.
"Sauerei, jetzt gehts wieder los", sagte Ulla, "immer wenn ich mich wenig bewege, fängt mein Bein an zu zucken."
"Bei mir zuckt manchmal das linke Auge", gab Onkel Isidor zum Besten.
Jeder Ascheberger hatte seine Schwachstelle, beim einen war es das Herz, beim anderen die Gefäße, beim dritten der Magen und bei den meisten die Nerven. Als Ascheberger sollte man nicht zuviel vom Leben erwarten.
"Die häufigen Wetterumschwünge, die machen uns fertig." Onkel Isidors Gutachten. "Der Wechsel der Jahreszeiten, alles so hopplahopp. Ich weiß manchmal nicht mehr, wo ich mein Auto geparkt habe."
"Honig", warf nun Ulla in die Zentrifuge, "täglich einen Löffel Honig, trotzdem zuckt mein Bein."

"Ein Guinness, zum Wohl! Das Pils wächst noch."

Der hoffnungsfrohe Kellner hatte das Gespräch neutralisiert.

Herr Wienand nutzte die Gelegenheit.

"Wir vergeben weltweit Lizensen fürs Überfest", sagte er, "Over Holiday, da fällt uns schon was Dynamisches ein. Is noch völlig ins Unreine gesprochen, Brainstorming, aalglatt ins Unreine. Das is meine Methode. Nur so geht die Kreativität. Ich hab mit der Stadthalle das Creative Team (Krijeytiftiem) gegründet, die Design-Theke hab ich auch kreiert und das Tonstudio Herlein. Wenn Sie wollen, machen wir einen Mitschnitt, da laß ich Kopien ziehn, das is für uns ein Klacks. Wie gesagt, wenn Sie wollen, organisiere ich alles."

Herr Wienand trank aus.

"Haben Sie sich Gedanken gemacht über eine Gedenkmedaille?"

" - "

Von allen Seiten: " - " und " ? "

"Ich denk an einen Überfest-Numisbrief, das is auf dem letzten Stadtfest, da war das der Renner. Ich kenn den Geschäftsführer, mit dem kann man reden, überlegen Sie sich ein Motiv. Tombola zugunsten des Kinderheims macht sich auch gut, besser als das ausländische Terrdesomm oder Vogelschützer, Waisenhaus ist zeitlos, jede Menge Luftballons und Fähnchen, das kostet nur Pfennige."

Später fragte Sabine: "Wen haste denn da aufgegabelt?"

ZEHN

Auf dem Waldfriedhofsparkplatz schraubten drei Rotkreuzler (Autoaufkleber: Ich bin Blutspender) ihre Fahnenstange zusammen. Einer zwickte noch schnell die schwarze Krawatte unter den Kragen, Lippen zur Affenschnute vorgestülpt, schien die Prozedur zu erleichtern. Eine Frau spuckte auf ein Papiertaschentuch und rieb damit ihre Schuhe sauber. Anschließend bekam ihr Mann seine Schuppen von der Schulter gestrichen; hielt still wie ein Papagei, der gekrault wird.

Drinnen war viel Trauer da. Neun Stuhlreihen voll Trauer. Herüben neun Reihen und drüben neun. Im Gang dazwischen stand ebenfalls Trauer und trug sich in die Beileidsliste ein.

Viele weinten und schnüffelten Tränen nach oben. Es wurde stimmlos geschluchzt, geschneuzt und gegrunzt. Als Kaul den Sarg hereinzog, legte sich über das beständige Wimmern ein lautes Schreien in abgehackten

Stößen, wie es Totnan nur bei Polen oder Südländern erlebt hatte. Eine Bubikopffrau schluchzte besonders erbärmlich.
Mußte ein tragischer Trauerfall sein, unerwartet aus einem geselligen Leben gerissen, nach der Menge der Teilnehmer und Kränze.
Totnan wußte nicht, wer der Tote war, er spielte für das Institut Graf, die griffen in Zwangslagen auf ihn zurück. Gaben den Tag, den Friedhof und die Uhrzeit durch, das genügte.
In mir klingt ein Lied spielte Totnan und meinte, die Chopin-Melodie würde das Weinen noch verstärken. Nach vielen trockenen Beerdigungen gab ihm das fast den Glauben an die Menschheit wieder.
Die Schützen waren auch vertreten, rechts und links eine Heuschrecke, das waren die grünen Schulterklappen. In der Luft die unsterblichen Tosca-Schwaden. Ein kleiner Bub wurde von seiner jungen Mutter nach vorne geführt; auf seinem kurzärmeligen schwarzen Hemd stand *Knight Rider*.
In der Waldfriedhofshalle hatte der Organist den besten Überblick. Er saß hinten rechts in der Ecke auf einem Hochsitz und konnte das Schwarzwild studieren.

Auch der *Knight Rider* hatte ein verheultes Gesicht, er petzte seine Augen zusammen und wurde auf seiner Mutter Schoß in den Arm genommen und tätschelnd beruhigt.
Die Feuerwehr salutierte vor dem Sarg. Immer mußte die Feuerwehr salutieren. Und Fahnen senken. Ein Feuersoldat aus Goldbach definierte, wann es der Mensch zu etwas gebracht habe: wenn er bei einer Absperrung innen rein dürfe. Die sechs Brandmeister durften die Front der Kränze und Kerzen durchbrechen und direkt am Sarg entlang Posten beziehen, drei rechts, drei links.
Ein uralter Mann, fast ein Knochengerüst, fiel über die Sterbebilder und riß damit den Weihwasserständer um, daß es auf die Bildchen platschte. Dem Pietät Graf entfuhr ein Fluch über die gewellte Bescherung, er hob das Skelett hoch, das erst wegstakste, nachdem es ein nasses Bildchen bekommen und in seinen Gichtfingern verkrumpelt hatte.
In der ersten Reihe wurde geflüstert, der Herr Graf miteinbezogen, der dann schleunigst das Weihwasser abtransportierte. Ein Versehen. Sicher evangelisch.

Du hast im Himmel viel Englein bei dir, schick doch eines davon auch zu mir. Sonderwunsch. Später zum Auszug die *Moldau*.
Kurz vor Beginn der Feierlichkeit schritt die Teilnahme in Gestalt des langen Oberbürgermeisters nach vorne, die Grandezza der Pietät verneigte sich vor dem Toten und vor der Verwandtschaft. Mancher Mund wisperte ins Nachbarohr. In Kauzbach ging der Bürgermeister ebenfalls erst am Schluß vor den Sarg, schaut her, sogar der Bürgermeister. Sicher kriegten die das in Fortbildungskursen beigebracht. Wählerfreundliches Verhalten in Bierzelten und auf Beerdigungen.
Auf dem Rücken eines schwarzen Blousons: TIMELESS SPIRIT. Die Beileidsschlange riß nicht ab. In solchen Fällen reckte Kaul seinen Hals, um die Kondolierenden zu überblicken und die Zeit hochzurechnen. Die Hände über dem Hintern aufeinandergelegt ribbelte er mit den Fingern.
"Um dreivierteldrei muß ich in Schweinheim sein. Brauch nur noch einer zu quaken, dann is es ganz aus."
Die Leute standen bis zur Tür hinaus, und der Pietät Graf...
Mensch, da war sie.

Die Schöne von der Maria-Ward-Sekte.
Die Begehrte vom Jugendzentrum.
Trug sich in die Kondolenzliste ein.

Schwarzer Rock, weiße Bluse mit Fantasiemuster wie getuschte japanische Schriftzeichen. Eins. Sogar schwarze Ohrringe. Totnan spielte die *Moldau* gleich, dann konnte er am Schluß freier manövrieren. Zwei. Da fiel ihm das Heft auf die Tasten, Heiland Schottland. Drei. Was für einen schönen Mund sie hatte. Den schönsten Mund im ganzen Leichenhaus. Setzte sich in die letzte Reihe. Totnan sah ihre Knie, bevor sie den Rock drüberzog. Vier. Er mußte sich konzentrieren. Da hatte er statt der Moldau *Jesus bleibet meine Freude* aufgeschlagen. Und auch noch gespielt. Und auch noch die Zeile verwechselt, die Triolen sehn alle so gleich aus. Dranbleiben, fünf.
Zu den Verwandten gehörte sie nicht. Würde sie weiter vorne sitzen. Nachbarschaftsmäßig würde sie mit ihm zu tun gehabt haben oder beruflich. Sechs.

Wie schön sie war. Totnan konnte die Adern auf ihren Händen sehen. Und den Ring am Finger. Ganz schlicht. Ganz sein Geschmack. Sieben.
An ihren Schuhen hätte sogar der Herr Elsässer nichts auszusetzen gehabt. Sie fuhr sich mit der Hand durch die Haare. Wie anmutig. Sie schlug die Beine übereinander, und ihr Knie kam wieder zum Vorschein, nicht zu spitz und nicht zu breit. Acht.
Endlich trat der Pfarrer auf. Tatsächlich ein Weihwasserscheuer. Der Pfarrer Moser von der Christuskirche. Er sprach über seinem Bäffchen evangelische Worte und drehte seinen Ehering gebetsmühlenhaft. Neun.
O Gott, laß Abend werden.
Daß unsere getrennten Brüder und Schwestern die Traurigkeit so dehnen müssen. Der Schaffner Bopp sagte nur: "Leichenwagenbremser." Der Pfarrer Moser zog aber wirklich und wahrhaft alles in die Länge und Breite, er fand noch ein Wort des Trostes bei Paulus, dann in der Bergpredigt, dann im Buch der Psalmen, er schlingerte von Jesaja nach Salomon, fand etwas ihm noch passender Dünkendes im Thessalonicherbrief, bei Dietrich Bonhoefer sogar, und an den Lebenslauf knüpfte

er noch den Hiob und den Hans Carossa dran. Zehn.

Keinem Wort traute der Evangelist, jedes mußte er mit einem anderen erschlagen. Kein einziger klarer Satz wie: Lehre uns bedenken, daß wir sterben müssen, auf daß wir klug werden.

Der Leierhannes hatte immer noch was auf Lager. Draußen stand schon die Mannschaft von St. Josef, der Halbestundentakt war schwer einzuhalten.

Am Seiteneingang ein breites Grinsen mit Gerberabukett in der Hand. Breites Grinsen mit breitem Schnurrbart und breiten Augenschlitzen. Stand da und grinste und dachte, damit sei alles erledigt.

Vorsicht! Elf.

Die Bubikopffrau schluchzte immer noch und schüttelte ihren Kopf, als könne sie nicht fassen, was sie hier sah. Das gleichmäßige Wackeln wurde nur unterbrochen, wenn ihr Kopf vor Schluchzen auf die Brust fiel. Sie wackelte mit leergeweinten Augen hin und her. Gleich würde sie wieder schluchzen. Schon fing sie zu schluchzen an und ließ ihren Kopf nach unten fallen. Dann hielt sie nach Kunkelart ihre Grimasse kurz fest und preßte die Finger ins Taschentuch. Gleich würde sie den Kopf wieder schütteln. Sie stopfte aber nur das Taschentuch in die Augen. Nun schüttelte sie den Kopf, schaute dem zäh redenden Pfarrer Moser auf den Mund und schüttelte den Kopf.

Als das letzte Grüppchen durch die Bronzephoenixtür gesegelt war, so reiß mich aus den Ängsten kraft deiner Angst und Pein, hin zur Beileidsliste, elf, zehn, neun, acht, alle genau gezählt, die nach IHR unterschrieben hatten, sieben, sechs, fünf, vier, drei, zwei, eins, da standen die heiligen Worte, weiblich feste Schwünge, daß man sich in jeden Buchstaben verlieben möchte und in beide i-Tüpfelchen: Gabriele Stein.
Gab es einen schöneren Namen?
Gabriele Stein, Totnan flüsterte die Worte, Gabriele Stein, er hatte ihren Namen herausbekommen, ein Himmelsgeschenk nach 20 Jahren, kam zu ihm auf den Friedhof und trug sich in die Liste ein, Gabriele Stein, er hatte sie *identifiziert*.

Sie wohnte in Obernau, und in einer Phase des Fliegens rief er sie einfach an und lud sie ein. Das heißt: sie lud ihn ein, sie sagte nämlich, er könne nach Gailbach kommen, da finde ein Vortrag der Anthroposophengesellschaft statt und da hätten sie gleich lohnenden Gesprächsstoff. Also abgemacht.
Totnan war begeistert, wie einfach das am Telefon ging. Schon wieder ein Stelldichein. Vielleicht sagte sie nur so schnell zu, weil sie ihn nicht dick und breit vor sich sah. Totnan sackte auf die Erde zurück.
Aber die gute Sabine sagte: "Du denkst nur Stuß."
Totnan entschloß sich abzuwarten.

"Wenn man den Ascheberger Stadtplan anschaut, ist es ein Raubvogelkopf mit weit aufgerissenem Schnabel und dem Dämmer Friedhof als bös starrendes Nasenloch."
Totnans Vorschlag, einen Kleinstadtroman zu beginnen.
Sabine sah in der Stadt eine Zecke, die sich am Main festgebissen hat.

Achim Tometschko wollte einen Sportflieger mieten, damit sie die Stadt von oben betrachten könnten.
"Dann steckt sie am Main wie eine wertvolle Brosche", sagte er, "das Schloß ein Rubin, die Fasanerie ein Achat, der Bahnhof ein Amethyst und das Schöntal ein Smaragd. So stell ich mirs vor."
"Opal möcht ich auch dabeihaben", sagte Totnan, "oder Karneol. Das klingt schön. Die Dächer am Dalberg aus Karneol."
"Dann schon Lapislazuli", wünschte sich Sabine und sagte es noch einmal mit Genuß: "Lapislazuli."
In Ascheberg hatte man schnell einen Sprung in der Schüssel.

Achim Tometschko sagte, ihm wachse alles über den Kopf.
"Die Ulla will einen Schlüsselroman herausgeben", empörte er sich, "die soll bei ihren Gedichten bleiben. Ich schreib jetzt einen Enthüllungsroman, die wird sich wundern."
Doch auch eine kleine Stadt ergebe viel zuviel Material, "und jede Minute kommt neues dazu".

In realistischen Momenten schwebte ihm eine Fragmentsammlung mit Ergänzungslieferungen vor. Da könne er auch seine *Polizeigedichte* unterbringen.
Komische Idee, die Polizeiberichte im *Echo* als Poesie zu sehen.
"Damit stell ich sie auf eine höhere Ebene", sagte er.
Er schrieb sie in kurzen Zeilen untereinander, das sah so aus:

In einem Brautmodengeschäft

In einem Brautmodengeschäft
wurde die Fensterscheibe
eingeschlagen.

Der Täter
nahm eine Schaufensterpuppe mit,
die ein weißes Brautkleid trug.

Dem Mann
muß die Sache
selbst nicht geheuer gewesen sein,
denn bald
wurde er seiner Begleiterin überdrüssig
und warf sie weg.

"Das ist schon fast griechische Tragödie", sagte Tometschko, "das ist Sophokles und absurdes Theater gleichzeitig."
Die Rolle des Narren übernahm ein 53jähriger, der von einem Stadtbummel eine 15jährige mit nach Hause nahm und erst im Bett merkte, daß seine Eroberung ein junger Mann war.

Totnan Weber verarbeitete zwei Sätze eines Artikels auf der Reiseseite zum Gedicht.

Auf Spitzbergen

Auf Spitzbergen
am Polarkreis
treibt der Frost
im Frühjahr
die Särge
an die Oberfläche.

Die Gräber
öffnen sich.

Im Waldfriedhof ging es ähnlich zu. Der Januarsturm entwurzelte die Bäume und riß die

Urne der Katharina Wissel mit heraus. Die Ascheberger Auferstehung. Katharina Wissel hing im Wurzelwerk zwischen Himmel und Erde, bis der Matze sich erbarmte und sie in die Unterwelt zurückbeförderte.

Ein unbekannter Einbrecher

Ein unbekannter Einbrecher
verspeiste in einem Keilberger Vereinsheim
mehrere Dosen Wurst.

War das nicht zen-buddhistische Kürze?
Du schlägst das *Echo* auf und der Lokalteil entpuppt sich als Weltliteratur.
Das restaurierte Wasserhäuschen in der Friedhofstraße strahlt wie ein Schmuckkästchen, die böhmische Nachtigall Mimi Herold singt in der volkstümlichen Hitparade ein Lied aus ihrer neuen CD, der Malteserhilfsdienst beginnt einen neuen Erstehilfekurs, bis November werden die letzten Amerikaner abgezogen, auf der Großmutterwiese gibts mongolische

Maskentänze, und der Bibelwissenschaftler Schackenburg gibt Tips für das richtige Verhalten beim Anblick eines Exhibitionisten.
Eine Seite Lokalteil, die Partitur eines Barockkonzerts, wo jeder fühlt, es geht gut aus. Jeden Tag neu und jeden Tag alt. Morgen ist heute schon gestern.
Totnan Weber faßte dieses Gefühl in einem Haiku zusammen. Ein Haiku war eine japanische Gedichtform, die eine Stimmung in siebzehn Silben konzentrierte.

Herschelgasse rauf
Roßmarkt, Dalberg, Waldfriedhof
Wiedersehn Grüß Gott.

ELF

Nach einem Wolkenbruch war es ein kühler Abend im Gailbacher Waldorfkindergarten. Die Schöne stand an einem Büchertisch und informierte sich. Die langen Haare hatte sie zu einem Pferdeschwanz gebunden, die schönen Beine in schwarze Jeans gesteckt, alles andere unter einen Schlabberpullover. Sie begrüßte Totnan, als träfen sie sich regelmäßig zu solchen Vorträgen. Sie schaute in ein Prospekt mit viel Atem und Bewegung und Pflanzenfarben und kosmischem Christentum drin.

Totnan Weber nahm ein Levanaheft in die Hand, überlegte, was er zu ihr sagen könnte, schob ein paar Bücher herum, *Urachhaus* las er und den Namen *Dornach* und endlich raffte er sich auf.

"Was machst du zur Zeit?" fragte er geistreich.

"Voll im Leben bin ich drin", sagte sie.

Ein Kind von zwei Jahren habe sie, einen ganz goldigen Raphael, "besuch uns doch mal."
Ihr Mann sei Schreiner, "aber nicht so nullachtfuffzehn", immerhin habe er drei Semester Kommunikationsdesign studiert, und heute im Vortrag ginge es um das erste Jahrsiebt, und ob sie nicht einen Platz suchen wollten.
Die geht aber ran, dachte Totnan.

Fast nur Frauen waren da, so Torffaserpullover und Naturwolle mit noch Wurzelstückchen drin. Zugezogene Vorhänge in sagen wir maulbeerrot. Von der Decke hingen Lichtballons aus Chinapapier und an einem Haken ein roter Faden, Überbleibsel irgendeiner anthroposophischen Aktion.
Sollte er sich dran aufhängen und auf die Wiedergeburt setzen? Schreiner! Raphael!
Die Wände waren rosa, die Farbe mit Schwämmchen an die Wand getüpfelt, als hätte Pfarrer Goldhammer dagegengeniest. Gabriele Stein setzte sich in die zweite Reihe, Totnan Weber doof nebendran. Sie erzählte, daß sie auch den Steinerlesekreis besuche und im Umriß in die Geheimwissenschaft vordringe. Allein

hätte sie den Stand nie erreicht, auf dem sie heute sei.
Allein hat sie wohl auch ihre Lambswool nicht geklöppelt.
Der Referent des Abends, ein Dr. Saßmannshausen, extra aus Dortmund hergedüst, wurde von einer Funktionärin, der die Neurodermitis aus dem Ausschnitt spitzte, ganz herzlich begrüßt und bedankt.
Ganz im Gegenteil, *er* habe zu danken, er habe zum viertenmal das Glück, hier zu sein, und die Frau Schuck habe gute Aufbauarbeit geleistet und das Johannesevangelium nicht ausgespart.
Der Dr. Saßmannshausen war ein stattlicher Mann mit Mittelscheitel, Vollbart, Nagezähnchen und runder Goldrandbrille auf der Knubbelnase. Über dem hellgrauen Hemd eine dunkle Wollkrawatte und ein dunkelgrauer Nadelstreifenanzug mit Sojagürtel oder so. Die ganz schön wellig über den Kragen fallenden Haare waren ehrlich gesagt fett. Dafür hatte er gepflegte Kaplanshände mit dezent behaarten Gelenken.
Er begann mit heilsamer Baritonstimme den Zuhörerinnen seine Gedanken sonor in den Bauch zu hauchen.
Raphael!

Wenn wir heute in die Erziehungslandschaft schauten, sagte der Doktor, gäbe es zwei Tendenzen: eine zarte, welche die Kindheit verniedlicht, und eine verhärtete, die ein Kind nur anschaut im Hinblick auf spätere Funktionen. Der Neil Postman sei auch seiner Meinung, wenn er vom Verschwinden der Kindheit, Gabriele nickte.

Der Steinerkaplan faltete die Hände vor dem Nabel - er würde wohl sagen: vor dem Sonnengeflecht - und erklärte, daß ein Wespenstich ins Ohrläppchen ein deutliches Ich-Erlebnis hervorrufe. Ja, denn auch Fichte kenne nur die Unterscheidung zwischen Ich und Nicht-Ich.

Dabei hielt der Steinerkaplan seine Hände als Schüsselchen vor die Brust, ein Schüsselchen Ich, ein Schüsselchen Nicht-Ich. Im unteren Drittel dullerte seine Hose ein bißchen, zwei Quackerfalten beulten sich über den bändellosen Schlupfschuhen.

Wenn ein Kind Wauwau zur Straßenbahn sage, dürfe man nicht verbessern, es sei die Bimbim. Im dritten und vierten Lebensjahr steige der junge Mensch in den Sprachgeist. Der Doktor zöpfelte an seinem Bart, zog einen

Schlüsselbund, rasselte damit und sagte, das könne der Milchmann und die Feuerwehr sein. Wupps, hatte er ein graues Taschentuch aus der Hose gezogen. Das könne nämlich eine Angel, ein Pferd, eine Puppe oder die Oma sein, mit der sich das Kind unterhalte.

Auf ein blaues Sweatshirt in der ersten Reihe war *oho!* draufgedruckt. Im Sweatshirt steckte ein dralles Weibchen mit etwas Asiatischem im Ohr.

Raphael!

Wenn das Kind den Bauklötzchenturm immer wieder umwerfe, dann sei das eine Bewegungsfeier.

Kommunikationsdesign!

Mehrmals wurde Schiller zitiert und mit ästhetischen Gesten untermalt. Der Dr. Saßmannshausen hielt sein linkes Handschüsselchen vor den Nabel und deckte die rechte Hand als Zeltchen darüber.

Als er von kreativen Vorgängen raunte, boxte er sich sanft in die linke Hand.

Die Reigenspiele in der Kinderkrippe seien höchst symbolisch und nervenaufreibend. Er erwähnte Maria Montessori und einen Fachbegriff. Dabei schnalzte er mit der Zunge.

Die auf uns zukommende europäische Einigung sei auch ein ganz heikles Eisen, der Vater schleppe immer neue Computer an, und die anthroposophische Mutter Kastanien.
Der Doktor hatte wieder seine Schüsselchen gebildet und fragte, ob jemand Fragen habe.

Eine Mutter sorgte sich, weil ihr Kind falsche Wörter bilde, und fragte, wann das aufhöre.
Flugs kam der Doktor auf ein Beispiel aus seinem eigenen Kindbett, daß er nämlich bei dem Lied *Der Mond ist aufgegangen* statt der Zeile *der weiße Nebel wunderbar* immer gesungen habe: der weiße Neger Humtata.
Es gab noch Fragen ums Kranksein und ums Aufräumen, Totnan Webers Augen schweiften über die Schilfjalousie am Regal mit Teekanne, Blumenpresse, ausgestopftem Waldorfzwerg und Dippchen und Körbchen in allen Variationen. Vorne in der Ecke auf dem Tisch mit dem strohgelben Seidentuch eine dicke Sonnenblume, Rindenschiffchen, ein Kürbis mit Fasanenfedern und Kornähren. Und ein Schneckenhäuschen. Hätte er fast übersehen.

Gabriele stand mit einer Bekannten vor dem Beuysfoto neben der Putzliste und der Örtlichen Notruftafel. Die Bekannte redete von einer Kleopatra in der Steingasse, da gäbs Ballaststoffe, ätherische Öle, Waschpulverbausätze und sogar Eselsmilch.
Am Büchertisch nahm er aus Verlegenheit das *Lumpenkasperle* in die Hand, legte es wieder hin und hob die *Wurzelkinder* hoch und das *Hirtenbüblein*.
Das Zwerglein vom Thunersee hielt ihm Gabriele entgegen, das sei ganz wichtig, das sei vom Jakob Streit.
Sie war ganz aufgedreht und fragte, ob er noch auf einen Schoppen mitginge.
"Ich muß das ausnutzen, wenn ich mal Ausgang hab", sagte sie listig.
Totnan gefiel das. Gabriele, die gewitzte Komplizin. Freiheit geleckt. Sehnsucht geweckt.

Er schleppte sie in den Bierbrunnen, wollte ihr ästhetisch imponieren mit einem Stall, der ihrem Pferdeschwanz einen harmonischen Raum gab. Er trieb sie in eine der vielen Boxen und wieherte weltmännisch nach Jever vom Faß.

Aber Gabriele mokierte sich, Alkohol ziehe den Ätherleib nach unten und das sei das schlimmste, was er sich antun könne, denn jeder Ätherleib strebe nach oben, "da gibts gar nichts dran zu rütteln".

Jetzt Lendchen zu bestellen, hielt Totnan für weniger klug. Also eine Käsebaguette. Obwohl diese Sabberstangen beim Verzehren unvorteilhaft wirken. Wenn sich die Käsefäden so übers Hemd ziehen und die zerquetschte Tomate auf die Hose tropft. Man saut sich von oben bis unten voll, aber der Ätherleib bleibt rein.

Johnny Cash sang einen Ländler. Gläser kopulierten mit der Spülbürste, die Kasse piepte und surrte. Der kernige Kellner fragte: "Haben Sie sich schon entschieden?"

Gewichtig wie ein Pfarrer vor dem Traualtar.

Sind Sie frei und ungezwungen hierhergekommen, um mit diesem Rollbraten die Ehe einzugehen? Sind Sie gewillt, Klößen das Leben zu schenken?

Gabriele trank ein Jever mit, "ausnahmsweise", sonst trinke sie Schwippschwapp.

Totnan erfuhr, daß ihr Schreiner Wolfgang hieß und daß er mit dem kleinen Raphael ganz verrückt sei.

"Er nennt ihn *mein Schweinchen*, und wenn er mit ihm schimpft, sagt er: Du Pottsau."
Immerhin schlafe die Pottsau endlich durch, das erste Jahr sei die Hölle gewesen.
Totnan meinte, sie nachträglich ermutigen zu müssen.
" Tante Elsbeth hat immer gesagt: Schreikinder, Gedeihkinder."
"Speikinder, Gedeihkinder, so habs ich gehört", sagte Gabriele.
"Prost", sagte Totnan.
"Nach einem Jahr is er schon gelaufen", erzählte Gabriele, "der Wolfgang hat gesagt: Wie der Butler in Dinner for one."
Gabriele putzte sich die Nase, indem sie mit dem Zeigefinger unterm Taschentuch in jedes Nasenloch fuhr und ausgiebig spindelte. Papiertaschentücher der Firma *kokett*.
"Unser kleiner Stinker", sagte sie, "ist das Großartigste, was ich überhaupt erlebt habe. Ich hab einen Sinn, ich hab Freude, ich bin total glücklich."
Schlagartig bekam Totnan eine Maultier-depression.
"Die Christiane hat mich dann zu Steiner gebracht, jetzt ist mein Leben noch erfüllter."

Von weit weg hörte er ihr zu. Sie sagte wunderbare Sachen. Bei der Geburt habe ihr Becken leise gekracht, "wie wenn man gegrillte Hähnchen auseinanderreißt". "Raphael hatte gleich soviele Haare, der sah aus wie eine Kokosnuß. Wenn man sich das vorstellt, die ganze Entwicklung, von der Amöbe bis zu unserer kleinen Kokosnuß."
Sie hatte wirklich einen Schuß.
"Das hört sich vielleicht blöd an", sagte sie, "aber durch den Steinerlesekreis entdecke ich in mir ein Universum. Ich spüre Schwingungen, die hab ich früher nie geahnt, der ganze Kosmos klingt in mir."
Sie hatte einen wunderbaren Schuß.

Näher betrachtet interessierten Totnan nur Menschen mit kräftigem Schuß. Onkel Isidor, wenn er einen Astronautenbericht der Bildzeitung referierte, klang ebenfalls wie aus dem Steinerlesekreis: "Wir leben in einer Galaxis und im ganzen Weltall gibt es noch unzählige Galaxien."
Kupplung, zweiter Gang.

"Eine Galaxis ist in einer anderen Galaxis drin und die ist wieder in einer anderen Galaxis und die in einer noch ganz anderen. In einer unendlichen Galaxie."
Tönte er nicht wie eine Fuge von Bach?
"In unserem Sonnensystem gibts vielleicht zehn Planeten", fuhr er fort allegretto, "ich weiß nicht wieviel, aber unser Sonnensystem kann ich schon nicht begreifen, erst die anderen alle. Da geht ein Sonnensystem ins andere über. Ein System von Sonnensystemen."
Isidor Maria von Weber.
So klang der Kosmos in der Bahnkantine.
Und hob sich im Finale zur mystischen Selbsterleuchtung: "Die Lichtgeschwindigkeit legt in 1 Sekunde 5ooooo Jahre zurück."
Der Luzifer erschrak selbst ob seines gleißend gleisnerischen Bravourstücks. "Das ist unvorstellbar", sagte er und wandte sich seinen Erbsen zu.
Genußsüchtig legte Totnan ein Holzscheit nach, um die göttliche Glut neu zu entflammen: "Trotzdem kommt noch Licht von Sternen an, die längst erloschen sind."
Auch Onkel Isidor sandte nur noch ein Wetterleuchten: "Unvorstellbar."

Totnan wünschte Gabriele viel Glück und kroch in seinen Käfer. Ein Hörer aus Schweinheim, der Herr Scherer, gibt uns einen Tip, wie man Fliegen und Mücken, die oft hartnäckig an Kühler und Windschutzscheibe kleben, beseitigt. Auf einen feuchten Schwamm Natron streuen, drüberwischen und mit frischem Wasser nachspülen.

Dankeschön, Herr Scherer.

Totnan drehte am Pompelmoknopf, bis ihn Hans Albers erlöste.

Schwungvoll kurvte er um das Brandversicherungsamt, bog am Hotel Post in die Elisenstraße ein und von der auf die Glattbacher Überfahrt. Good bye, Johnny.

Wurde oft bei konfessionslosen Trauerfeiern gewünscht. La montanara, auch gern inhaliert. Oder Il Silenzio. Sehr sinnvoll.

Protokoll: Konfessionslos

Der heutige Tag sieht mich in alten Noten und Fotokopien kramen, ich muß nämlich für eine konfessionslose Beerdigung, die morgen über die Bühne geht, den Musikkatafalk zusammenzimmern. Die Verwandtschaft hat Ansprüche.

Im schönsten Wiesengrunde wollen sie am Anfang hören, das mach ich noch locker. Aber dann gehts schon los. Es hängt ein Pferdehalfter an der Wand, denn er war ein großer Tierfreund. Da muß man schon aus Pietät den Galopp auf die Orgel legen.

Ich könnts ein bißchen flotter nehmen, meint der Bruder, mein Ansprechpartner, besser: mein zudringlicher Belästiger, denn er hat schon viermal im Institut angerufen und alles durchgesprochen. Er hätts mal von einer Tanzkapelle gehört, und ich sollts ebenfalls Richtung Tango spielen. Wer zerrt mich?

Dann noch Viva amor, das ich nicht kenne, der Bruder will versuchen, Näheres zu ermitteln.

Dann noch Ave Maria und zwar die Schlagerfassung.

Nun, das kommt in einigen Schlagern vor, der Bruder meint das lateinamerikanische Ave Maria no morro.

Ich erinner mich dran, das war um die 70er der große Hit im Tanzcafe Janisch, da haben die Mädels Zettel auf die Bühne gereicht mit heißen Wünschen drauf, und die heißen Würstchen

hießen Ave Maria no morro. Und dann haben sie den Sänger angehimmelt, nur weil der so einen spanisch katholischen Sums absonderte. Also mehr so ein rhythmisiertes Geraune mit viel Hall, vergiß es.
Der Bruder meint sowieso die deutsche Fassung, in der ein Bettlerbub in Rio de Janeiro Gitarre spielt und aus heiterem Himmel liegen zwei Goldstücke auf seinem Teller, und es war die Maria.
Sowas hat der mir tatsächlich am Telefon erzählt, die Konfessionslosen haben auch ihre Macken. Dann meint er spontan, Über den Wolken würd ebenfalls passen, und sein Bruder hätte Gitarre gespielt wie der Reinhard Mey. Mitten in der Psychiatrischen wahrscheinlich.
Zwei Stunden später ruft er wieder an und gibt bekannt, es würde nicht heißen Viva amor, sondern Viva l'amor, el Apostroph amor, und es wär ein Lied von Roland Kaiser. Auf jeden Fall solle ich mit Im schönsten Wiesengrunde beginnen, dann das Pferdehalfter etwas schneller, dann Über den Wolken und ganz zum Schluß Ave Maria no morro.
Gesprächspsychologisch pietätvoll lenke ich ihn auf die Idee, den Reinhard Mey und das Ave Maria vom Band einspielen zu lassen.

Einwandfrei.

Jetzt mußte ich allerdings noch den Onkel Isidor in die Konferenzschaltung miteinbeziehen, der hat eine Riesensammlung von Schwulst, bei dem kann ich das Zeug aufnehmen.

Ob ich nicht noch einen Vorschlag hätte, fragte der Bruder, der Sarg stünde ja eine viertel Stunde bewegungslos, bevor überhaupt mal der Herr Tometschko mit seiner Rede anfange.

Ich versprach ihm, darüber nachzudenken.

Vielleicht zehn Minuten später war er schon wieder in der Leitung mit neuen Vorschlägen dahingehend, daß wir die Feier abwechselnd zwischen Redner und Trauermuckel ablaufen lassen, also daß sich Instrumentalstück und Redesequenz ständig abwechseln und ergänzen und korrespondieren, so ungefähr. Auf alle Fälle solle Tometschko mit Hermann Hesse anfangen, der sei neutral und sage doch etwas, später noch Hoimar von Ditfurth, Rilke und Marc Aurel, aber da müsse er ihn erst nochmal anrufen.

Ich warf noch Einstein in die Lostrommel, den Albertus Magnus der atheistischen Konfession. Inzwischen begann mir die Sache Spaß zu machen. Ich stellte dem Bruder sogar in Aussicht, einige lateinamerikanische Melodien passend herauszusuchen und dann meinerseits wieder anzuläuten.

Nein, sagte der Bruder, er fahre jetzt nach Schippach und würde mich seinerseits sofort zurückrufen, sobald er heimkäme.

Der Bruder rief gegen 21 Uhr wieder an, und ich wartete mit der Dreierkombination Che sara, El Condor pasa und La Paloma auf und um die Sache fett zu machen gab ich noch La cucaracha und Guantanamera dazu. Und warum eigentlich nicht Don't Cry For Me Argentina?

Jaa, freute sich der Bruder, die Oldies höre er am liebsten. Aber er wolle lieber erst noch die Verlobte fragen und ob er die schnell am anderen Apparat anrufen könne.

"Du, da is gerade der Herr Weber dran, der morgen die Orgel spielt, ich stöpsel das mal zusammen, er hat nämlich noch ein paar Vorschläge."

Und zu mir: "Sprechen Sie."

Dann hab ich nix mehr gehört.

Irgendwie hat er die beiden Hörer zusammengehalten, ich hab wiederholt angesetzt: "Hier is Weber, hören Sie mich?", die klassische Live-Schaltung, sagte der Bruder plötzlich: "Also ich red da rein, Sie reden da raus, Du redest da raus, dann muß ich die Hörer..."

Wie aus einer anderen Welt kam eine Piepsstimme an mein Ohr, die Stimme eines Däumlings: "Hallo."

"Ich ruf Sie selber an."

Um die Sache abzukürzen: Als ich endlich mit der Verlobten auf meiner eigenen Wellenlänge war, gab sie gleich zu, von Musik nicht so viel zu verstehen, La Paloma wär aber sicher sehr passend, obwohl er Karnickel gezüchtet habe. Den Condor hat sie nicht gekannt, sie wär ja 20 Jahre jünger als ihr Freund, da hab ich ihr den Condor vorgesungen, da hat sie ihn doch gekannt.

Ihre Stimme klang gut, und ich hab ein paar Trostworte gesprochen, und sie hat gesagt, daß es mit den Schlaftabletten geht.

Zeit.

Zeit.

Zeit.

Vormittags hat der Bruder schon wieder angerufen, obs mir was ausmachen würde, wenn er alles auf Video aufnimmt. Für seine Mutter, die wär zwar dabei, aber in der Aufregung könnt sie die Feier daheim in aller Ruhe so oft sie wolle, und es sei ja auch eine Feier und

nicht nur Trauer, sein Bruder hätte immer gern getrunken und nichts anbrennen lassen, und die Südamerikaner hätten ja ein ganz anderes Verhältnis zum Tod, und ob mir das recht wäre. Und den Roland Kaiser würd er auch mitbringen.
Na also.
Der Bruder kam eine dreiviertel Stunde vorher mit Stativ und Kameratasche und Roland Kaiser und einem ganzen Stoß Computerausdrucke, damit jeder Teilnehmer den Ablauf in Händen halten möge.
Soundcheck und Perspektivenproben.
"Zu einer Beerdigung gehört keine traurige Musik", sagte der Bruder noch einmal. In New Orleans würden sogar Dixiekapellen spielen, das fände er "zehnmal besser".
In der Hand hatte er eine kleine Bandmaschin oder wars ein Funktelefon, das geht ja heute alles ineinander über.
Die Verlobte war ein hübsches Mädchen im Minirock mit schwarzen Nylonbeinen, sie hatte einen Kranz dabei mit viel Schleierkraut. Meinem Bambi, stand auf der rosa Schleife, Deine Daniela.
Bei Viva l'amor und Ave Maria weinte sie am meisten.

Tometschko schloß mit einem Vers von Holger Paetz: "Und müßt ich nun von hinnen gehn, ich würde sagen: Ja, es war ein erfülltes Leben. Ja."

ZWÖLF

Die *aufgeplatzte Fleischwurst* wurde Sabine Weber zum Verhängnis.
Wahrscheinlich kam es mit diesem Klavierstimmer erstmals in Sabines Leben zum Tiki tiki. Jedenfalls war sie über Nacht mit ihm zusammen, ihr hoher Blutdruck ließ ein Äderchen platzen und Blut in ihr Hirn. Es war nichts mehr zu reparieren.
Nachts um drei, als Ossi, Nunun und Totnan ins Klinikum gerufen wurden, lag das arme Kind schon bewußtlos da und hatte überall Schläuche drinstecken, im Mund, in der Nase, und sogar im Hals. Zwei Ärzte und zwei Schwestern tanzten herum, das EKG piepste, und die *aufgeplatzte Fleischwurst* hielt Sabines Hand.
Es war gräßlich.
"Bleib doch da", flehte Nunun ihre Tochter an, "bleib doch da!"
Ossi und Totnan starrten auf den Monitor.

Sie beteten, sie versprachen alles, sie hatten verwirrte und verzweifelte Gedanken, mit hilflosen Händen tupften sie Sabines Stirn, streichelten ihr Gesicht und hielten sie überall fest.
Sabine aber flog leise davon.

Sie hatte die Augen offen.
Schaute an die Decke, als ob die Augen noch funktionierten. Als könnte sie mit den Augen aus der Leiche herausblicken.
Erst als Ossi ihr die Augen zudrückte, war sie richtig tot.
Sie zogen ihr das Laken über den Kopf.

Totnan Weber rief Onkel Isidor an.
"Ich muß dir eine traurige Mitteilung machen."
Er schluckte.
"Die Sabine is gerade gestorben."

"Sie hat nicht gelitten", erzählte Nunun später noch oft.

"Sie lag ganz friedlich da", erzählte Ossi.
"Sie war schön", erzählte Totnan. "Wie im Schlaf hat sie gelächelt."
Es war gräßlich.

"Vom Krankenhaus haben sie angerufen, da wären noch Sabines Kleider."
Totnan fuhr hin und ließ sie sich von einer Schwester geben. Die Schwester hatte alles in eine braune Plastiktüte gesteckt. Die Tüte war ganz leicht. Als Totnan hineinschaute, sah er die vertrauten Farben von Sabines Bluse.
Wenn eine Libelle sich in den Himmel erhebt, dachte er, läßt sie auch ihre Larve zurück.
Er legte Sabines Hülle auf den Nebensitz seines Käfers.
Da hatte sie oft gesessen.
Da hatte sie viel gelacht.
Und jetzt, wie armselig.
In der Ludwigsallee stellte er die Schweibenwischer ein, obwohl es gar nicht regnete.

Sabines Sterbebildchen zeigte zwei ihrer Lieblingsfotos. Auf der Vorderseite einen am Himmel kreisenden Vogel und auf der Rückseite einen Winkel im alten Kreuzgang der Stiftskirche. Beide Aufnahmen hatte sie selbst gemacht und über ihrem Bett hängen.
Achim Tometschko wollte die Fotos fürs Überfest verwenden, "unbedingt". Das eine für die Festschrift, den Vogel vielleicht sogar für das Plakat. Und später für ein extra Buch.
"Mit dem Bildband wirst du über Nacht berühmt", sagte er.
Da hatte sie ihren Bildband, vier Seiten nur, ihr letztes Paßfoto, darunter:

Sabine Weber
1954 - 1992

Und auf der Seite nebendran:

Gedenket ihrer
in Liebe.

"Mit Wohlgeruch erfreue Gott deine Seele, der Vater, der Sohn und der heilige Geist."

Pfarrer Goldhammer räucherte den Sarg, das Faß schlug wuchtig an die Ketten, dreimal auf jeder Seite, dreimal in der Mitte, und ein Niesbrüller als Ausrufezeichen, das hätte Sabine gefallen.
"Hört, wie von fern die Glocken läuten." Von irgendwoher huben die Kusinen an zu singen, die Familie Weber ließ es fatalistisch über sich ergehen. Ob Onkel Isidor die Mädchen animiert hat? Wenns fürs Überfest nicht langt, ist ein Friedhofsauftritt auch ein Erfolgserlebnis.
"Glocken der Liehiebe, Glocken der Liehiebe", wie oft noch wird das so gräßlich wiederholt. Nunun heulte und steckte andere damit an. Die Kusinen sangen wie im Wunschkonzert. Plötzlich ein Blitzknaller. Ulla Kullmann hatte ein Foto geschossen.
Pfarrer Goldhammer reckte seinen Hals, konnte aber die Kusinen auch nicht ausfindig machen, sie sangen von draußen um die Ecke herum. Wie aus einem Cassettenrecorder. Schienen fertig gesungen zu haben. Onkel Isidor nickte Richtung Pfarrer. Es zirpte exotisch.
Lieber Gott im Himmel, Erlöser der Welt, der Kolacek stimmte seine Geige. Der Kolacek bereicherte die Ascheberger Sterbekultur seit Jahren mit seiner hageren De-Gaulle-

Erscheinung und seinem unkonventionellen Stil auf der Geige. Bei großen Tonsprüngen ließ er die Finger über die Saiten gleiten wie bei einer Beerdigung in Laramie oder sonstwo im Wilden Westen. Dabei stammte der unwürdige Greis aus Wien oder Böhmen oder Budapest, von irgendwo da unten kam er in die Johannesberger Straße. Und wenn er von einem Todesfall süßen Wind bekam, spürte er das Trauerhaus auf, um sich und seine Geige anzubieten. Viele konnten ihm das nicht abschlagen, und Herr Kolacek strich gern die kleine Gage ein. Bei Bedarf und ohne Aufpreis trug er noch ein Muttergedicht vor, das ihn jedesmal zu Luftschnappern rührte und seine Stimme erschütterte.
Geige und Bogen in der linken Hand tippelte er vor Sabines Sarg, um ein großes Weihwasserkreuz abzuliefern. Blieb auch gleich im Mittelpunkt stehen und klemmte sein Instrument unters Kinn. Nachdem er das Largo so innig gespielt hatte, daß ihm Tränen aus der Nase tropften, ging er nahtlos ins Ave verum über ohne Rücksicht darauf, daß es Onkel Isidor längst auf der Orgel gebracht hatte. Lauthals summte er die Melodie mit, das gab Kontraste und Dissonanzen, die in den Mangelsdorffer Free Jazz hineinspielten.

Pathetisch wie es nur große Trinker vermögen drückte er Nunun, Ossi und Totnan sein tiefstempfundenes Mitgefühl aus. In seiner Brusttasche steckten vier Kugelschreiber und ein Kamm in einem orangen Plastiketui.

"Zum Paradies mögen Engel dich geleiten", sagte Pfarrer Goldhammer zielstrebig, "die heiligen Märtyrer dich begrüßen und dich führen in die heilige Stadt Jerusalem."
Diese gewaltigen Worte waren die Pawlowsche Glocke für das Rollkommando der Schaffner. Unerbittlich marschierten sie herein. Matze hatte sich in der Eile eine zu kleine Kappe gefangen, sah aus wie ein Ehrendoktor. Alle vier verneigten sich gleichzeitig und legten Hand an das schwarze Gefährt.
Doch ein dunkelgrüner Smoking, der sich schnell ans Mikrofon schob, brachte die Schaffner zum Erstarren. Ein forscher Alleinunterhalter? Er entpuppte sich als Sabines Schulkamerad und beschwor die gemeinsame Kronbergzeit. Professionell erinnerte er sich an Ausflüge und Klassentreffen, an Lehrer und Schüler, wie gern sie immer mit Sabine, wie

sehr sie ihnen nun fehle, und als äußeres Zeichen der Verbundenheit der alten Brüderschaft - es war die Hölle.

Konfus setzte sich Nunun auf ihren Rosenstrauß. Achim Tometschko hielt sein Manuskript glücklicherweise zurück.

Als der Sarg hinausgeschoben wurde, brach Nunun zusammen.

Aufschreie in der Trauergemeinde.

Nunun wurde schräg auf den Stuhl gezerrt.

"Notarzt!" rief Ossi.

Der Kunkelschaffner rannte ins Büro.

Totnan auf dem Stuhl neben seiner Mutter. Hatte ihren Oberkörper auf seinen Schoß gezogen, saß da wie die Pieta und sagte hilflos: "Es wird gleich besser."

Nunun stöhnte leise.

Tante Elsbeth betete die fünf Wunden.

Ossi lockerte sich die Krawatte, so schwül war es geworden.

Die Gutkatholische rieb mit einem Erfrischungstuch über Nununs Stirn. Rieb ihr die Stirn, die Schläfen und den Hals. Hielt es ihr unter die Nase und betupfte die Oberlippe. Ein Muskel in Nununs Kinn zuckte unaufhörlich wie ein winziges Herz.

Von weitem das Martinshorn, von nahem schon der Martinsmotor, Türenschlagen, zwei Sanitäter in weißen Kitteln und der Notarzt.
"Hören Sie mich?"
Nunun stöhnte leise.
Er prüfte ihren Puls, schaute ihr unters Augenlid und sagte: "Auf die Trage. Adalat."
Die Trauergemeinde betete laut, wie es Tante Elsbeth befahl.
Nunun wurde in den Rettungswagen geschleppt.
Völlig desorientiert trug Ossi ihren Blumenstrauß hinterher.
Reichte die Rosen sogar in den Rettungswagen hinein.
Dabei hatte er sich in die Hand gestochen und gaffte den Blutstropfen verständnislos an.
Onkel Isidor war bei ihm. Totnan Weber blieb auf dem Stuhl sitzen. Tante Elsbeth betete ergreifend: "Jesus Christus für uns am Kreuz gestorben durch die heilige Wunde deiner linken Hand."
Der Schaffner Bopp schaute auf die Uhr. Matze und Kaul hängten die Kränze auf den Kranzwagen, der Kunkelschaffner kehrte die Blütenblätter auf die Seite. Oma würgte sich aus ihrem Rollstuhl heraus.
"Ich will ihn nochmal sehn."

Totnan neben ihr. Hielt ihre Hand. Wie früher Sabine.
"Ich will ihn nochmal sehn", wehrte sich Oma.
"Gleich", sagte Totnan.
Die Leute putzten sich den Schweiß vom Gesicht, gaben während des Betens Kommentare und schauten dabei zum Rettungswagen hin. Die Kusinen waren leibhaftig anwesend. Schwarze Hosen, weiße Blusen. Gabi legte ein Notenheft auf die Orgel, Gerdi drehte an der Gitarre. Nunun wurde aus dem Rettungswagen herausgeführt, Mister Minit hatte sie repariert. Entschlossen zogen die Schaffner den Sarg voran.
Achim Tometschko fing an zu klatschen. Damit wollte er Sabine eine besondere Ehre erweisen, so hatte er es nämlich im Fernsehn erlebt, als die Berliner dem Weltstar Marlene Dietrich auf ihrer letzten Fahrt noch einmal applaudierten. Aber Tometschko hörte gleich wieder auf und schaute auf den Boden. Auch Totnan schaute weg.

"Wir bleiben auf der Bank sitzen", sagte der kleine dicke Ossi zu seiner kleinen dicken Frau,

doch für Nunun kam das nicht in Frage. Tapfer ließ sie sich zum Grab führen. Totnan nahm einen Stuhl für sie mit.
Aus dem Leichenhaus sangen die Kusinen etwas Englisches.
Im Kies knirschten die Reifen. Die Henkel klapperten ans Holz. Das Bukett zitterte. Eine Frau schob ein Rennrad vorbei.

Totnan hatte Sabines Stimme noch deutlich im Ohr. Sie würde sich allmählich entfernen. Nunun hatte sie gestern im Schlaf gehört. Ganz klar rufen gehört, daß Nunun ans Gartentörchen lief um nachzuschauen.
"Sie rief so anhänglich, trotzdem bin ich zu Tod erschrocken."
"Das ist das Unterbewußtsein", sagte Totnan, "da brauchst du keine Angst haben."
"Ja", sagte Ossi, "das is die Psychologie."

Das Lied der Kusinen wurde von einem Heulton umfangen. Ein lautes Weinen lag in der Luft. War es draußen eine Baustelle? Kündigte sich

ein Tiefflieger an? Oder gar die *aufgeplatzte Fleischwurst*?
Nein, der Kolacek wars, gnadenlos spielte er sich in die Herzen der Familie. Sägte Es war im Böhmerland. Die Melodie war fast nicht zu erkennen, von draußen legten sich Autogeräusche dämpfend darüber. Mein Hut der hat drei Ecken? Wenn der Pfarrer Goldhammer nur nicht so laut niesen würde. Die Matthäuspassion? Falsch. Kolacek spielte das Thema aus Dr. Schiwago. Weißt du wohin. Wenigstens die ersten zwei Takte, in denen er gleichzeitig plaisir d'amour durchscheinen ließ.
Ganz langsam wurde der Sarg in die Erde gelassen, der Sarg, die Rosen und die Weihwasserkäferchen, alles wurde in die Erde verstaut. Nunun hockte betäubt auf ihrem Stuhl. Ossi pumpte Wasser hoch, als müßte er sich ins Grab hinein übergeben. Onkel Isidor legte den Arm um ihn herum. Kolacek spielte die Old-Shatterhand-Melodie. Komisch, dachte Totnan, die Tränen kommen heiß heraus und werden ganz schnell kalt, wenn sie über die Wangen laufen.

Predigte der Pfarrer noch? Waren es die Kusinen oder Kolacek, dieses inbrünstige Summen. Sprach Ulla Kullmann den Nachruf? Wurde das Überfest eröffnet? Es klang wie eine Fanfare.

Achim Tometschko wars.

"Salut für Sabine!" rief er schrill, ließ eine Feuerwerksrakete hoch und warf einen Knallfrosch in die offene Grube.

Tumult, Hin- und Hergezerre, Attentatsbilder.

"Es lebe das *Labor*!"

Friede.

Die Leute schaufelten Erde ins Grab.

Von schwarzen Gespenstern wurde Totnans Hand gepackt, von Traumgestalten, die in Zeitlupe vorüberwackelten.

Die Stadt war still.

Totnan Weber hatte bis zum Schluß gewartet.
Nun nahm er die Schaufel ebenfalls, kriegte in der Sandkiste nur noch ein paar Körner zu fassen und ließ sie leicht ins Loch hinab. Schob die Unterlippe beethoventitanenhaft vor, fühlte sich granitgemeißelt.
Gefaßt blickte er auf das von Herrn Elsässer beschriftete Holzkreuz. Einen Brentanovers hatte der alte Nachbar daraufgemalt, sonst nichts.

O Stern und Blume, Geist und Kleid,
Lieb', Leid und Zeit und Ewigkeit.